SV

Peter Bichsel

Alles von mir gelernt

Kolumnen
1995–1999

Suhrkamp

Druck: MZ-Verlagsdruckerei, Memmingen
Printed in Germany
Erste Auflage Frühjahr 2000

2 3 4 5 6 – 05 04 03 02 01 00

Kolumnen 1995–1999

Die Röntgenstadt

Als ich etwa zwölf war – und ein Dichter werden wollte oder eigentlich fest daran glaubte, einer zu sein –, als ich zwölf war, waren meine Eltern eines Abends weg. Ich ging in die Stube, holte das große Radio und schleppte es in mein Zimmer, um einmal im Bett liegend Radio hören zu können – Beromünster, wie das damals hieß. Als ich es andrehte und lange wartete, bis endlich die Röhren warm waren, hörte ich Englisch, ein Mann rezitierte Gedichte, laut und pathetisch und mit großer Stimme. Ich verstand kein Wort, aber ich glaubte zu verstehen, und die Gedichte gefielen mir sehr. Ich hörte sie wie Musik. Ich hatte das Radio dann wieder in die Stube zu schleppen, damit meine Eltern, wenn sie heimkommen, nichts davon merken, und so konnte ich auch die Absage nicht hören, ich wußte nicht, was ich gehört hatte. Aber es hatte mich so beeindruckt, daß ich schon anderntags versuchte, solche Gedichte auf deutsch zu schreiben. Und ich ging mit ihnen in den Wald und deklamierte sie, schrie sie in den Wald.
Viele Jahre später – acht Jahre waren damals noch viel – entdeckte ich einen englischen Autor, Dylan Thomas, und er gefiel mir sehr. Er hatte ein wun-

derbares Hörspiel geschrieben, *Unter dem Milchwald*, und wunderschöne pathetische Gedichte. Und ich hörte von seinem Leben und daß er zu viel trank. Und ich hörte auch, daß er nicht aus England war, sondern aus Wales, und ich stellte mir Wales – weil seine Gedichte romantisch waren – romantisch vor. Noch etwas später hörte ich eine Schallplatte, auf der er Gedichte rezitierte, und ich wußte sofort, es war jener, den ich als Kind im Radio – und zwar verbotenerweise, das ist wichtig – gehört hatte.

Ich beschloß, einmal nach Wales zu gehen, Dylan Thomas war damals schon tot. Er ist 1953 im Alter von 39 Jahren gestorben, in New York.

Nun bin ich, vierzig Jahre später, in Wales, in Swansea, wo Dylan Thomas (Bob Dylan übrigens, der Robert Zimmermann heißt, wählte sein Pseudonym seinetwegen) geboren wurde, in Swansea, von dem er sagte »the ugly lovely town« (»die häßlich wunderbare Stadt«), oder wie Alfred Hofkunst, der Maler, mal sagte: »Ich stelle mir Wales vor wie Olten am Meer.« In Olten übrigens hörte ich ihn damals am Radio.

Ich wäre nie nach Wales gekommen, hätte ich nicht zufällig hier zu tun gehabt. Aber zugesagt für die Arbeit habe ich nur, weil ich gleich an Dylan Thomas gedacht habe. Ich habe mich auf Swansea gefreut. Im Reiseführer über Wales, den ich zu Hause kaufte, war er selbstverständlich erwähnt, er gehört zu den Sehenswürdigkeiten von Wales und ist vermerkt unter dem Kapitel »Walisische Helden«, wie auch Richard Burton – eigenartige Helden: Die Touristik-Industrie tut, was sie kann.

Und ich bin wohl nicht der einzige, der an Dylan Thomas denkt, wenn er an Wales denkt. Ich habe das Haus gesehen, wo er wohnte – andere haben es auch gesehen, auch solche, die nie etwas von ihm gehört oder gelesen haben.

Vor vielen Jahren war ich irgendwo in Deutschland. Am Bahnhof stand angeschrieben: Die Röntgenstadt. Der Mann, der mich abholte, fragte gleich: »Wußten Sie, daß Röntgen hier geboren wurde?«, und er war überrascht, daß ich es nicht wußte. »Er hat also hier gelebt?« fragte ich. »Nein«, sagte er, »seine Eltern sind kurz nach seiner Geburt weggezogen.« Trotzdem, die »Röntgenstadt«. Trotzdem, die »Dylan-Thomas-Stadt«. Nun sitzt er in Bronze – jung und sauber und nett und nüchtern – auf einem Sockel vor einem Theater, das seinen Namen trägt in seiner »ugly lovely town«. Nur einer, ein alter Mann, erklärt mir, daß man ihn hier nicht besonders mochte, als er noch lebte. Er sei arrogant gewesen, sagt er.

Ich bin gerne hier. Es gefällt mir hier. Die Pubs sind wunderbar. Die Menschen sind freundlich. Nur an Dylan Thomas erinnert mich diese Stadt nicht – so wenig wie mich Frankfurt an Goethe erinnert. Das war doch zu erwarten. Warum fallen wir immer wieder darauf herein?

Die Bar in New York – wo er sein letztes Bier trank – ist meine Lieblingsbar. Sie lebt auch ein bißchen von seinem Namen, und auch ich habe sie vor vielen Jahren das erste Mal seinetwegen besucht. Nur, New York weiß nichts davon. Und er ist in den Fremdenführern von New York nicht erwähnt. Und noch nie hat ein Freund, der mich dort am Flughafen abholte, gesagt: »Weißt du, daß XY mal hier gelebt hat?« In New York übrigens hat sich Dylan wohl gefühlt. In New York fühle ich mich ihm näher.

Und Swansea ist viel angenehmer, als es die Fremdenführer beschreiben, eine häßlich wunderbare Stadt, es leben Menschen hier.

Die Einladung der Mitte

Sie hieß einmal »Die Zeitung«, und in der Zeitung stand drin, was geschah – schlecht und recht. Und die eine Zeitung war freisinnig und hat gelogen, und die andere war sozialdemokratisch und hat gelogen, und die dritte war katholisch und hat gelogen. Das war für die jeweils anderen ärgerlich. Dann gab es auch die »Nachrichten«, die kamen vom Radio. Wer von Nachrichten sprach, der meinte die Nachrichten von Beromünster, am Radio wurde, so glaubte man, nicht gelogen.
Sie hießen einmal »Die Zeitung« und das »Radio«. Und erst als das Fernsehen kam, kam jemand auf die Idee, das Ganze die »Medien« zu nennen, erst mal die »Massenmedien« und dann einfach die »Medien«. Sprachregelungen – in der Regel schiebt man sie den Missetätern in die Schuhe. Bei der Sprachregelung »Medien« habe ich eher die Gutwilligen im Verdacht – die Schule zum Beispiel, die den »Medien-Unterricht« einführte, um ihre Schüler vor den Manipulationen der Zeitungen, des Radios, des Fernsehens zu schützen, vor allem vor dem Fernsehen, das eben die ganze Sache zum Medium gemacht hatte.
Seitdem beschäftigen sich die Leute, die einmal

Journalisten waren, nicht mehr mit Journalen, auch nicht mehr mit Radio oder Fernsehen, sondern eben mit dem Medium.

Ich habe das Wort Medium im Wörterbuch nachgeschlagen. Die Wörterbücher tun sich mit dem Wort sehr schwer – es heißt inzwischen zu viel, es heißt inzwischen fast alles. Und zum Schluß wird noch das Medium im Spiritismus erwähnt: die »vermittelnde Person«. Gesichert ist, daß »Medium« vom lateinischen »medius« kommt, das heißt »in der Mitte befindlich«.

Also lügen die Freisinnigen jetzt nicht mehr so sehr (es stimmt, mein Ärger über die »Solothurner Zeitung« hat mehr und mehr nachgelassen), und die Katholiken sind gar nicht mehr so sehr katholisch, und die Sozialdemokraten, wenn überhaupt ... »medius«, in der Mitte befindlich.

Die Mitte der Welt sind inzwischen die Medien. Sie sitzen satt und gemütlich in der Mitte, bedauern oder begeifern die Ränder, und die Ränder überlegen sich, was sie zur Freude der Mitte – zur Freude des Mediums – beitragen könnten. Und alle Schrecklichkeiten der Welt werden zum Erfolg der Mitte.

Die Mitte, das Medium, die vermittelnde Person stellt sich den Rändern zur Verfügung.

Auf meinem Telefonbeantworter habe ich folgende Meldung: »Guten Tag, Herr Bichsel, ich bin XY, ich mache mit Ihnen am 15. Mai ein Interview ...« Darauf sollte ich mich freuen. Er gibt auch eine Nummer an, die ich anrufen sollte, eine Nummer in Italien, ein Häuschen in Italien, auch wenn er für ein Schweizer Medium arbeitet. Ich müßte nur anrufen, und er würde sich zur Verfügung stellen. Ich rufe nicht an, weil ich die altmodische Vorstellung habe, daß ich mich zur Verfügung stelle, immer wieder zur Verfügung gestellt habe – damals, als die Medien noch von der Welt berichteten, die Welt ungerecht und auch gerecht kommentierten. Inzwischen sind sie selbst die Welt – die Mitte, das Medium –, und alle drängen in die Mitte, alle, die etwas zu verkaufen haben, die Inserenten, die Politiker, die Sponsoren, die Kulturschaffenden, und die Mitte stellt sich ihnen zur Verfügung – ohne eigentliches Interesse, aber gern. Die Medien sind zum Dienstleistungsbetrieb geworden. Ob man sie mag oder nicht, sie sind so etwas wie die Bank oder die Post.

Daß sie sich auch kleinen und unbedeutenden Dingen zur Verfügung stellen und daß sie sich ihnen zur Verfügung stellen ohne direkte Bezahlung, das rechnen sie sich selbst hoch an und halten es für Idealismus.

Ich hätte mir vor dreißig Jahren nicht vorstellen können, daß ich mir je die schlechte und ungerechte freisinnige »Solothurner Zeitung« zurückwünschen würde. Auch sie ist inzwischen ein Medium, ein Mittelding, so gut wie die anderen. Daß sich die Politiker das Privatradio und das Privatfernsehen so sehr herbeigewünscht haben, war der Wunsch, daß sich ihnen noch ein bißchen mehr Mitte zur Verfügung stellen werde. Jetzt haben sie ihre Mitte, ihr »Ich werde Sie am 15. Mai interviewen.«

Alles von mir gelernt

Die Arena Pilatus der Familie Bühlmann war damals, als ich ein Kind war, ein Zirkus ohne Zelt. Das hatte für sie den Nachteil, daß viele mitguckten, ohne zu bezahlen, und für uns den Vorteil, daß wir es uns anschauen konnten. Meine Mutter gab mir allerdings ein Geldstück mit und prägte mir ein, daß ich es in den Hut werfen soll, wenn sie außerhalb des Zauns einziehen würden – das tat ich auch.

Es muß ein wunderbarer Zirkus gewesen sein – in seiner Hilflosigkeit. Aber davon bekam ich nichts mit. Mir blieb nur das Staunen. Erinnerungen daran habe ich fast keine, außer daß alles weiß war, die Bühne, die Zäune. Und da war da noch einer, den ich herzlich liebte und den ich verehrte: der Clown. Der hatte so Schuhe wie die Clowns und so eine Nase. In Wirklichkeit war er nur jener, der die Geräte der einen Nummer abräumte und die Geräte für die nächste Nummer aufbaute. Er war nicht lustig. Dafür hatte er auch gar keine Zeit. Aber er war ein Clown, und ich mochte ihn. Und er sagte nur einen Satz. Dieser Satz hat mich damals sehr beeindruckt, und er ging mir nie mehr aus dem Kopf. Er sagte, wenn er kam, um abzu-

räumen nach einer Nummer: »Alles von mir gelernt.« Und ich glaubte ihm das.
Eine andere Geschichte: Ich hatte ihn schon lange nicht mehr gesehen; nicht eigentlich vermißt, aber schon lange nicht mehr gesehen. Und nun saß er wieder da in der Beiz, etwas bleich und etwas dünn, und er trank ein alkoholfreies Bier, und ich fragte ihn, wo er die ganze Zeit war. Im Spital war er. Und auf die Frage, was er denn gehabt hätte, sagt er: »Sie haben mir die Leber herausgenommen.«
»Nein, das haben sie ganz sicher nicht«, sage ich ihm, und er wird böse, schreit mich an und sagt, daß schließlich er im Spital war, sieben Wochen, und nicht ich, und daß sie ihm alles ganz genau erklärt hätten, daß der Arzt vorzüglich gewesen sei, sich an sein Bett gesetzt habe und ihm alles erklärt habe. Jetzt lebt er also ohne Leber. Und es nützt nichts, wenn ich ihm sage, daß das gar nicht geht und daß es sich vielleicht doch eher um die Galle handelt.
Nein, kein Vorwurf an die Ärzte – auch er war begeistert von ihnen, und sie werden sich große Mühe gegeben haben, ihm alles zu erklären –, auch ich habe immer wieder versucht, ihm zu erklären, wie irgend etwas funktioniert, der Staat, die Justiz, die Steuern. Es ist hoffnungslos. Er tut mir so leid. Er lebt jetzt »ohne Leber«, und er weiß nicht, was mit ihm geschieht.

Und das wußte er schon nicht, als er zum Militär mußte. Das wußte er schon nicht, als er Steuern bezahlen mußte, als er zum Arzt gehen mußte, ins Spital gehen mußte. Er mußte halt. Er mußte ein Leben lang müssen. Er ist ein Unaufgeklärter, ein Gefangener seiner eigenen Vorstellungen.

Nur, was hat diese Geschichte mit dem Clown der Arena Pilatus zu tun? Ich weiß es selbst nicht so recht und bin überrascht, daß mir die beiden Geschichten gleichzeitig einfallen. Vielleicht weil der Clown nicht gesagt hat: »Ich kann das auch.« Er hat gesagt: »Alles von mir gelernt.« Das klingt wohl noch prahlerischer, trotzdem, es machte auf etwas aufmerksam, nämlich darauf, daß das, was die Artisten hier machten – Purzelbäume und Überschläge, Seiltanzen und Jonglieren –, daß das alles gelernt ist und daß die Voraussetzung dazu der Wille zum Lernen ist.

Man spricht mehr und mehr vom Ende der Aufklärung. Und das klingt dann schnell so, wie wenn es keine Aufklärer mehr geben würde. In Wirklichkeit aber sind wir alle wohl zu müde geworden, lernen zu wollen. Und dann ist halt dann alles einfach so, wie es ist, und wir müssen nur noch, eingesperrt in das, was wir für unsere eigene Meinung halten. Und dann leben wir halt – auch wenn das nicht geht – ohne Leber. Und die Leichtigkeit, übers Seil gehen zu können, bleibt uns verschlossen.

Unbewältigte Vergangenheit

Nach und nach schaffe ich es, auf die Forderungen der Offiziere gelassen zu reagieren. Seit Jahren schon rücke ich zu spät ein, habe entweder mein Militärmesser zu Hause vergessen oder trage Sandalen. Das Militärgericht ist mir nach und nach sicher. Übrigens, warum ist es immer wieder das Militärmesser? Sehrwahrscheinlich, weil eine ganze Armee an ihm hängt. Was wäre das Militärmesser ohne Armee?
Aber inzwischen nehme ich es gelassener; ich bin älter geworden, und viel kann mir nicht mehr passieren. Letzte Woche bin ich wieder mal eingerückt. Ich hatte zu Hause viel zu tun, noch viel zu erledigen, und mitten in der Arbeit fiel mir ein, daß ich einzurücken hätte. Auf halbem Weg stellte ich fast ohne Schrecken fest, daß ich den Tornister nicht mithatte. Zu meiner Überraschung war mir das gleichgültig; oder eher, es gelang mir, mich dazu zu überreden – zur Gleichgültigkeit zu überreden. Selbstverständlich war ich zu spät, die anderen exerzierten schon. Nachdem ich es gewohnt bin, immer noch vom Militärdienst zu träumen, hält sich inzwischen mein Schrecken in Grenzen. Der Offizier sagte auch, daß alles in Ordnung

sei und daß ich keinen Dienst mehr zu machen brauche.
Ich Idiot beharrte darauf, ihn zu machen. Das erschreckte mich nach dem Erwachen. Ich habe es wohl noch immer nicht hinter mir, ich werde weiter davon träumen müssen. Was haben die mir angetan mit ihren munteren Scherzen über Wasserflecken auf meinem Militärmesser? Im nächsten Traum werde ich mir das nicht mehr bieten lassen, ich werde mich schlecht aufführen.
Nur wird der nächste Traum vielleicht der andere sein, immer wieder derselbe: Ich bin Lehrer einer sechsten Klasse, es ist sechs Wochen vor den Prüfungen, ich sitze im Lehrerzimmer und höre, wie meine Kollegen davon sprechen, wie weit sie im Rechnen schon seien. Ich beteilige mich vorsichtig am Gespräch – aber ich weiß, daß ich mit dem Rechnen noch gar nicht angefangen habe. Ich bin verloren, das ist nicht mehr aufzuholen. Ich tröste mich, wenn ich nun morgen beginne und jeden Tag zehn Seiten im Rechenbuch durchnehme, dann komme ich noch durch, aber morgen ist schon Samstag, also beginnen wir am Montag. Nein, ich habe das Rechnen nicht vergessen, ich habe es nur verschoben, immer wieder verschoben auf den nächsten Tag, und ich weiß, daß ich es weiter verschieben werde, und in sechs Wochen sind die Prüfungen ... Ich erwache schweißgeba-

det, und es dauert noch ein paar lange Sekunden, bis mir einfällt, daß ich schon seit bald dreißig Jahren nicht mehr Lehrer bin – ein Glücksgefühl, etwas, das einem in der Realität nicht gelingt, da fällt einfach in einer Sekunde eine große Last von der Schulter, weggenommen wie von einem Engel.

Warum träume ich das? Ich möchte das nie mehr träumen, das vom Militär und das mit der Schule. Und es gab schon Zeiten, da habe ich es ein halbes Jahr nicht geträumt, und ich dachte, es sei weg. Aber ich weiß, es kommt wieder, immer wieder. Unbewältigte Vergangenheit, schlechtes Gewissen? Vielleicht auch die Rache dafür, daß wir unsere Träume nicht in der Realität zu verwirklichen versuchen, den Traum zum Beispiel, den Dienst zu verweigern, aus irgendeinem Grund den Dienst zu verweigern, das Messer nicht zu putzen, die Schuhe nicht anzuziehen, sich nicht verspotten zu lassen vom dummdreisten Kreiskommandanten (nein, nicht der, und der auch nicht, sondern der andere).

Einen kannte ich, einen Träumer, einen Menschen, der so sanftmütig war, daß er kaum auszuhalten war. Er setzte sich ein für alles Sanftmütige: vom Blockflötenspielen und süßlicher Mundartliteratur bis zur Entwicklungshilfe und allen anderen Hilfsprogrammen. Politisch dachte er dabei absolut mit der Mehrheit. Er war immer auf der Seite der Anständigen, und er hielt die Mehrheit für anständig. Es fiel mir schwer, ihn zu mögen, und vielen anderen wohl auch.

Als er sich dann ganz still das Leben nahm – er ist in einen kleinen flachen See hineingelaufen –, tat er mir leid.

Er fällt mir immer wieder ein nach meinen Träumen. Er soll einmal als Lehrer mit seinen Primarschülern zwei Jahre nicht gerechnet haben, weil er etwas unternehmen wollte gegen den Materialismus der Welt. Selbstverständlich geht das nicht, nicht so. Trotzdem, er hatte einen Traum. Vielleicht hat ihn der umgebracht. Er hat für einen Traum ein Leben eingesetzt. Ausgerechnet er, der immer die Mehrheit für anständig hielt.

Rominger hat gewonnen, das hat mich gefreut. Eines Tages war er da, der Name Rominger. Und man konnte ihn sich gleich merken, nicht einfach Rominger, sondern *der* Rominger – der einzige. Indurain mag ich auch, ein toller Fahrer, aber Rominger hat noch eine andere Qualität: Irgendwie ist er genau gleich wie ich, er ist Schweizer, er ist dasselbe wie ich, und ich zittere mit ihm und für ihn am Fernsehen.
Was macht uns denn gleich? Sein sportlicher Leiter sagt in einem Interview: »Dazu kommt, daß er auch mit 34 Jahren so seriös arbeitet wie kein anderer – er ist eben Schweizer.« Und schon das trifft auf mich nicht zu. Ich kann nicht so seriös arbeiten wie kein anderer. Aber er spricht wenigstens dieselbe Sprache wie ich, Schweizerdeutsch. Aber auch in Gegenden der Schweiz, wo diese Sprache nicht gesprochen wird, freut man sich über seinen Sieg, und Rominger spricht noch sechs andere Sprachen fließend. Er wohnt nicht in der Schweiz, sondern in Monaco. Er fährt für eine spanische Mannschaft, zusammen mit Belgiern und Italienern. Er ist in Dänemark geboren. Ich kenne Türken, Italiener, Spanier, Jugoslawen, die hier in der Schweiz geboren

sind, hier ihre Steuern bezahlen, so gut Schweizerdeutsch sprechen wie Rominger und wir – wären sie aber Radrennfahrer und würden den Giro gewinnen, dann würde halt eben ein Jugoslawe, ein Türke gewinnen, auch wenn er in seinem Leben nie anderswo gewohnt hätte als in der Schweiz.

Nationalität ist etwas sehr Eigenartiges. Und sollte es dereinst einmal keine Nationalitäten mehr geben, es würde sehr schwer sein, den Leuten dann zu erklären, was das war damals: eine Nationalität.

Aber vorläufig haben wir noch eine Nationalität, und ich freue mich darüber, daß Rominger dieselbe hat wie ich – auch wenn er mir ferner ist als der Türke, der hier in Solothurn, in der Schweiz aufgewachsen ist und lebt.

Übrigens gab es einmal einen anderen Rominger, einen – so scheint es mir –, der noch berühmter war zu seiner Zeit. Er trug als Markenzeichen eine weiße Schirmmütze, eben eine Romingermütze, war ein Skirennfahrer und Slalommeister. Ich habe ihn als Kind noch gesehen, er zog von Warenhaus zu Warenhaus, verteilte Unterschriften und kommentierte seine Filme, in denen er in großen Schleifen um die Stangen fuhr, und er erzählte vom Skifahren.

Ein anderer hieß Koblet – von dem hört man noch. Ich glaube nicht, daß man von Rominger so lange

hören wird. Irgendwie hatten die Siege von Koblet einen anderen Glanz. Warum? Sehrwahrscheinlich, weil wir seine »Taten« nicht eins zu eins am Fernsehen mit verfolgen konnten, sondern weil sie uns erzählt wurden – von Schampi Gerwig zum Beispiel, der uns am Radio ganze Etappen bis ins Detail erzählte. Von Sport erfuhren wir durch Erzählungen. Inzwischen sind wir alle am Fernsehen live dabei, und den anderen Medien bleibt nichts anderes mehr übrig, als ein paar Statistiken, ein paar Hintergrundinformationen, ein paar Ranglisten nachzuliefern. Ich habe mir am Dienstag nach Pfingsten ein paar zusätzliche Zeitungen gekauft, weil ich das, was ich gesehen hatte, gern noch einmal erzählt bekommen hätte. Aber die Sache war gelaufen, es gab nichts mehr zu erzählen.
Eine Legende aber ist eine Erzählung. Nur in einer Erzählung kann jemand zu einer Legende werden. Und weil wir nicht mehr erzählen, bleibt alles live und schal. Keine Hintergrundinformation, keine Homestory macht das wett. Das Original ist glanzlos. Wir erzählen nicht mehr davon, wir sind nur noch dabei. Und wenn es zu Ende ist, dann ist es halt zu Ende, und wir warten auf die nächste Sensation. »Es ist so langweilig geworden«, sagte Rominger am Anfang des Giros, »alle wollen nur, daß ich siege.« Die Geschichte will niemand mehr; vielleicht meinte er das damit.

Von der Lüge und der Wahrheit

Ich traf ihn vor Jahren, er drängte sich auf, wollte unbedingt mit mir zu tun haben, ohne auch nur irgendwie eine Ahnung zu haben, was ich tue. Er wollte, und zwar gleich jetzt, mit mir befreundet sein. Ich war wohl etwas abweisend, das ärgerte ihn, denn er war ja auch jemand: Ein hoher Offizier der Armee, ein Direktor einer Firma, »Assekuranzen«, wie er sagte, und befreundet mit Bundesräten. Fast hätte ich es ihm geglaubt, und hätte ich, er wäre mir noch unsympathischer gewesen, ein dummer Aufschneider, so oder so.
Als ich ihn später wieder einmal traf – und wir waren ja jetzt, so glaubte er, Freunde –, die gleiche Aufschneiderei: nur eine andere Firma, ein anderer militärischer Grad, andere prominente Freunde. Ich hielt es nicht aus und schrie ihn an. Warum eigentlich? Er richtete ja mit seinen Unwahrheiten keinen Schaden an. Ich beschloß, ihm das nächste Mal zuzuhören.
Das nächste Mal kam er auf mich zu, mein »alter Freund«, und entschuldigte sich. »Nein, er sei keineswegs Offizier«, sagte er, und ich lächelte. Und gleich begann er mit neuen Aufschneidereien. Er konnte es nicht lassen, und ich

ärgerte mich darüber, daß ich mich darüber ärgerte.
Frühmorgens steigen in den Vorortzug nach Frankfurt zwei alte Trinker, Obdachlose wohl. Sie sind mir schon auf dem Bahnsteig aufgefallen. Der eine einbeinig mit Krücken, und beide mit Bierflaschen, die sie von Zeit zu Zeit ansetzen, wohl zwei vom Bahnhof Mainz, die beschlossen haben, jene vom Bahnhof Frankfurt zu besuchen. Die junge Dame, wohl eine Sekretärin, ist nicht glücklich darüber, neben ihnen sitzen zu müssen. Aber auf der ersten Station werden Plätze frei, und die beiden ziehen umständlich um.
»Habe ich dir die Sache von Diana schon erzählt«, sagt der eine zum anderen, »also Diana habe ich für 3000 Mark gekauft, ich konnte sie abzahlen. Und mit Diana habe ich meine erste Million gemacht. Da muß ich mich hinter keiner Mülltonne verstekken, reiten kann ich ein bißchen. Die Reitlehrerin auf meinem Gut wollte Diana zum Schulpferd machen. Das Pferd kommt auf die Rennbahn, sagte ich. Feurig war sie, die Diana. Einmal ist sie abgehauen, bis unten zum Fluß. Die weiß ja, wo ihr Stall ist, sagte ich. Als sie zurückkam, schaute sie mich an, als wollte sie sich entschuldigen. Weißt du, wie Pferde einen anschauen können ...«
»Da muß ich dich nun mal unterbrechen«, sagt der andere.

»Nein, laß mich erst mal zu Ende erzählen«, sagt der eine.
»Ein Teufelskerl bist du, ein Tausendsassa«, sagt der andere.
»Also, wenn wir dann erst in Pommern sind – wir nehmen den ICE –, dann wirst du das alles sehen.«
Nein, sie sprechen nicht laut – ein bißchen angetrunken schon, aber nicht laut. Sie erzählen nicht für die Mitreisenden. Sie erzählen sich selbst – den ganzen Tag wohl. Und ganz kurz geht mir der Gedanke durch den Kopf, daß die Geschichte wahr sein könnte: ein heruntergekommener Baron, der einst ein großes Leben hatte? Nein, sicher nicht. Nur zwei Lügenbarone, die sich mit Erzählungen vom Leben über Wasser halten.
Und ein bißchen wahr sind sie auch, die Geschichten der beiden, denn solche Geschichten gibt es – und ein Gut wie dieses hat er wohl gekannt. Er beschreibt den Weg zum Fluß und die Augen des Pferdes. Und der andere hört zu, schreit nicht auf und schimpft ihn einen Lügner, und mir fällt plötzlich jener Aufschneider ein, den ich nicht aushalte und den ich anschreie.
Warum? Weil er nicht erzählt. Es geht ihm nicht um die Erfindung eines Lebens. Es geht ihm nur darum, jemand zu sein, etwas zu sein.
Das ist für die beiden Trinker im Vorortzug längst

vorbei. Sie sind nichts, sie werden nichts, sie haben fast kein Leben. Aber sie erfinden sich eines und gönnen sich das erfundene Leben gegenseitig – und es wird zur Wahrheit, weil man es erzählen kann.

Live ist das Leben

»Jonny Belinda« war ein Rührstück der 50er Jahre, eine Geschichte von einem stummen Mädchen und einem Bösewicht, wenn ich mich richtig erinnere, und der Bösewicht kollerte so schön dramatisch die Treppe runter und überschlug sich dabei mehrmals, nachdem die Stumme ihn erschossen hatte, und sie fand dabei ihre Sprache wieder – wenn ich mich richtig erinnere.

Die damalige Aufführung füllte nicht nur täglich das Solothurner Stadttheater, sondern besetzte auch die Köpfe einer ganzen Stadt und tauchte sie in Tränen und Empörung. Nur eben, was sollte man mit dieser Empörung in einer Stadt voller Unschuldiger, und das Stück spielte zudem in Amerika? So hielt man sich halt an die Schauspieler, verehrte die Schauspielerin, die das Mädchen spielte, und haßte den Darsteller des Bösewichts.

Er wurde nicht mehr gegrüßt, er wurde beschimpft und angespuckt – denn so etwas, davon waren die Leute überzeugt, kann man nicht spielen, so ist man. Familiäre Schwierigkeiten, die er damals hatte, kamen als Beweis dazu.

Eine Stadt war in Aufruhr und spielte ein amerikanisches Rührstück auf der Straße weiter.

Nun gab es auch andere, die wußten zu unterscheiden zwischen Rolle und Darsteller. Ich schrieb damals Theaterkritiken für eine kleine sozialdemokratische Zeitung und betrieb das mit hartem Ernst. Der Theaterdirektor entzog mir auch einmal die Plätze mit der Begründung: »Er liest die Stücke vorher, kein Wunder, daß es für ihn dann nicht mehr spannend ist.«

Immerhin, das wußten damals dann vielleicht doch alle – auch der Theaterdirektor –, daß das Theater nicht das Leben selbst ist. Das Leben selbst bezogen wir damals eher aus dem Kino. Hier war auch für uns der Bösewicht etwas mehr Bösewicht als im Theater, und hier gelangen auch uns im Dunkeln jene Tränen, für die wir die Bürger im Theater belächelten. Immerhin war John Wayne nicht einer unter uns. Und es dauerte nach dem Kino nur kurz, bis wir den Gang des Cowboys – Arme leicht angewinkelt, Hände auf Hüfthöhe – wieder verloren.

Trotzdem, ich habe einen guten Teil meines Weltbildes vom Kino, ein verfälschtes Weltbild also, und es dauerte auch einige Jahre, bis ich es aufgab, in Amerika jenes Amerika zu suchen, das ich aus dem Kino kannte, und Amerikaner nicht mit John Wayne zu vergleichen.

Nein, das war schon immer so: Das Publikum sucht im Theater, im Kino die Identifikation. Der Nervenkitzel besteht darin, daß der Darsteller nicht eine Rolle spielt, sondern sich selbst; daß er es wirklich ist, daß wir es mit ihm sind. Ohne dies hätte es nie ein Publikum gegeben, nie ein Theater gegeben.

Totale Identifikation, totale Identität, das suchte das Publikum schon immer, und das Fernsehen ist endlich jenes Theater, das dies in Wirklichkeit – nämlich »live«, das direkte Leben – vermitteln kann.

Es ist erreicht, der Traum ist aus: Hier endlich ist Kurt Felix der Kurt Felix, und genauso ist er. Alle kennen ihn und wissen, wer er ist, wie er ist, und vielleicht – ich weiß es nicht – glaubt er es selbst. Das Fernsehen ist eine kunstlose Form, weil es die Künstlichkeit als Prinzip aufgegeben hat: Das gleicht nicht mehr dem Krieg in Bosnien, sondern das ist der Krieg in Bosnien, und in der Stube wird er gewöhnlich – zum Wohnen und zum Gewöhnen. Der gleicht nicht mehr einem Killer, sondern das ist ein Killer. Das ist nicht mehr ein Abbild des Lebens, sondern das Leben selbst – live –, und zudem ein recht erträgliches Leben.

Und die damaligen Naiven von Solothurn, die den Darsteller des Bösewichts auf der Straße bespuckten, sind nicht mehr lächerlich. Inzwischen sind alle so. Wir nehmen inzwischen das Abbild für das Leben. Zwar wird Fernsehen immer noch künst-

lich, sehr künstlich, hergestellt, aber die Macher machen inzwischen nicht mehr Abbilder, sondern das Leben selbst, im Fernsehen nun endlich geschieht die Wirklichkeit.
Die damaligen Naiven von Solothurn waren immerhin noch zu Emotionen fähig. Weil das Abbild Bilder auslöst – das Live-Leben nicht mehr.

Das Unverständliche lesen

Nicht lesen können, das stelle ich mir schrecklich vor, noch viel schrecklicher als nicht verstehen können. Es gibt Übersetzungen von meinen Büchern, sie machen mich hilflos und verlegen, aber ich kann sie lesen. Ich kenne die Buchstaben, kann sie aneinanderreihen, kann vielleicht sogar herausfinden, an welcher Stelle des Originaltextes ich mich befinde, aber es ist mir sehr unwohl dabei, denn nicht nur meine Geschichte wurde übersetzt, sondern auch ich selbst: Ich wurde übersetzt, ich bin etwas ganz anderes – davor fürchte ich mich.

In Korea habe ich einmal einen ganzen Tag damit verbracht, die koreanische Schrift zu lernen, sie sieht sehr fremd aus und ist sehr einfach. Ich konnte mir zwar nicht einmal merken, was »dankeschön« auf koreanisch heißt, aber ich konnte jetzt alles lesen – nicht verstehen, aber lesen. Ich fühlte mich schon ein bißchen weniger fremd. Ich konnte Straßenschilder unterscheiden und Firmenaufschriften. Ich war zwar immer noch ohne Sprache, aber nicht ohne Schrift – so etwa wie in Finnland.

Nun wurde mir ein Buch zugeschickt von einem Übersetzer, mit einem freundlichen deutschen Begleitbrief. Er vergaß im Brief nur zu erwähnen, was für eine Sprache das ist, irgendeine indische Sprache mit eigenartigen Schriftzeichen. Ich bin ganz sicher, daß das nicht von mir sein kann, daß das nicht ich sein kann; aber ich trage es doch ein bißchen mit mir herum, gehe mit ihm spazieren.

In einem Restaurant sagt mir der Kellner, nachdem er das Buch gesehen hat: »Ich kann das lesen«, und zeigt mir, wo mein Name steht, und schreibt mir meinen Namen auf einen Zettel und erklärt mir die Bedeutung der »Buchstaben«. Ich gebe ihm das Buch und frage ihn, ob er wisse, was das für eine Sprache sei, und er sagt: »Ich kann es lesen, aber ich verstehe es nicht«, eine andere Sprache also als Arabisch, aber geschrieben mit arabischen Schriftzeichen. Er kann es wenigstens lesen.

Und nun beginnt er, uns – es sitzen noch andere am Tisch – die arabische Schrift zu erklären. Es ist hoffnungslos, wir begreifen es nicht, aber wir schauen und hören ihm gespannt zu. Und einer sagt: »Verrückt, das ist verrückt.«

Wenn man einen Stuhl ein bißchen zur Seite schiebt, dann ist er verrückt: einen Stuhl verrücken. Wenn die Sache nicht mehr die Sache selbst ist, dann ist sie verrückt, und das geschriebene Wort HAUS ist kein wirkliches Haus – verrückt. »Ja, ein Verrückter muß die Schrift erfunden haben«, sagt einer.

Nach einer Fernsehsendung kriege ich Briefe, und ich freue mich über sie, denn schriftliche Reaktionen sind in den letzten Jahren seltener geworden. So freue ich mich auch über die bösen Briefe, über die ablehnenden, auch sie sind seltener geworden.

Was zunimmt, das sind die Briefe von Verrückten, seitenlange Briefe von manischen Menschen, die fast ohne Zusammenhang mit meiner Sache von ihrer Sache sprechen – oft wirr und unverständlich. Zwar durch und durch in deutscher Sprache geschrieben, fehlerlos geschrieben mit unseren Buchstaben und trotzdem fast unverständlich.

Oft habe ich den Eindruck, die Schrift – wie mein Tischnachbar sagt: »von einem Verrückten erfunden« – geht nach und nach zurück zu den Verrückten. Sie wurde dann also nur zwischendurch von »Normalen« gebraucht, solange sie eben brauchbar war und nützlich. Und vielleicht sind jene, die in Schriften denken, wirklich ein bißchen »verrückt«, ein bißchen verschoben. Ich bin jedenfalls überzeugt, daß es ohne Schrift keinen Widerstand, kein Dagegendenken, kein Querdenken gibt, und ich freue mich über die Briefe von meinen »Mitverrückten«, von meinen Mitverschobenen – wenn sie mich auch immer wieder erschrekken, weil ich sie nur lesen und nicht verstehen kann.

Ein Recht auf Flucht

Der freundlichste Gastgeber, den ich je traf, war Werner Hoffmeister. Er hatte mich eingeladen an eine Schule in Amerika, und ich zögerte lange, die Einladung anzunehmen. Der Ort schien mir doch etwas allzuweit von der Welt entfernt zu sein, und ich stellte vorerst vorsichtig Fragen: »Wie viele Kneipen gibt's dort?« »Wie weit ist es bis zur nächsten richtigen Stadt?« »Wohin spaziert man, wenn man spazieren will?«
Die Antworten meines Gastgebers waren ehrlich: Keine Stadt, kein Spazieren – aber ein paar Kneipen. Sechs oder sieben hatte er gezählt, aber er zählte die Restaurants mit gepflegtem Service mit, und es stellte sich nach meiner Ankunft heraus, daß nur eines der Lokale für meine Bedürfnisse brauchbar war – eine schäbige Kneipe, eher die letzte Tankstelle vor der Wüste als das Tor zur richtigen Welt.
Ich war in Boston, der nächsten richtigen Stadt, am Flughafen abgeholt worden. Die Fahrt mit dem Auto war lang, die Häuser wurden seltener, die Bäume häufiger. Ich zählte die Stunden, jede Stunde war eine Stunde mehr von der Welt entfernt, und ich traf in Hanover, New Hampshire,

nachts und müde ein, wurde irgendwo einquartiert – ein schönes Quartier, wie sich später herausstellte –, setzte mich an den Tisch und verfluchte mich dafür, die Einladung angenommen zu haben.

Am anderen Tag traf ich Werner Hoffmeister, meinen Gastgeber. Er wolle mir den Ort und die Gegend zeigen, sagte er, aber er zeigte mir nicht die Schule – das College –, sondern er fuhr erst in eine öde Gegend außerhalb, hielt vor einem großen häßlichen Gebäude in einem Fabrikgelände, ging mit mir hinein und sagte: »Wenn du dringende Post hast, dann mußt du die hier aufgeben, von hier aus ist es drei, vier Tage schneller.« Von da führte er mich zu einer alten Hütte und sagte: »Das ist der Bahnhof von White River Junction, es ist kaum zu glauben, aber hier hält einmal am Tag ein Zug von Montreal nach New York, mit Schlafwagen, sehr bequem.« (Den Ort hatte ich vorher schon auf einer Landkarte gefunden: »White River Junction«, wie schön das klingt, fast ein Versprechen, so ein bißchen Karl May; auch wenn man ihn nicht gelesen hat, wird man ihn nicht los.) Dann führte er mich zur nächsten Busstation und zum Schluß zu einem unglaublich kleinen Flughafen. Andere Gastgeber zeigen einem vorerst mal die Sehenswürdigkeiten. Er zeigte mir die – schäbigen – Ausgänge. Am Abend war ich bei ihm eingeladen, und seine Frau fragte uns, was wir gesehen hätten. »Ich habe ihm die Fluchtpunkte gezeigt«, sagte er. Das hatte mir die nächsten Wochen erträglich gemacht, ich fühlte mich wohl, war kein Gefangener. Ich benützte die »Fluchtpunkte« zwar nie, aber ich wußte: Es gibt sie.

Am liebsten erreiche ich einen Ort mit der Eisenbahn. Mit ihr komme ich an einem Bahnhof an. Er ist für mich der Eingang zur Stadt. Und ich kenne mit ihm auch bereits den Ausgang – den »Fluchtpunkt«, wie Werner sagte.

Zwar ist flüchten zu müssen für Tausende ein schreckliches Schicksal, aber für Tausende von anderen ist es schrecklich, nicht flüchten zu können. Mir scheint, es müßte auch so etwas geben wie ein Recht auf Flucht. Glücklich mögen jene sein, die es nicht benützen müssen – glücklich sind auch jene, die nicht hinter geschlossenen Türen leben müssen.

Ich spiele an meinem Computer herum und lande in irgendeinem Programm, das mir fremd ist, und ich finde den Befehl nicht, mit dem ich wieder rauskommen könnte. Das ist nicht schlimm. Trotzdem beschleicht mich Angst, die Angst des Gefangenseins. Das kleine Computerproblem ist bald gelöst – aber es erinnert mich. Ein Freund, der sich auskennt mit Computern, zeigt mir den Weg zurück ins normale Programm.

So wie mir Werner Hoffmeister damals als erstes die Türen zeigte. Er zeigte mir, daß sie offen sind: die Post, die Bahn, der Bus. Werner kannte das Problem aus eigener Erfahrung, er wußte vom Eingesperrtsein. Und wer die Türen schließt, sperrt nicht nur die anderen aus, sondern auch sich selbst ein.

Wie funktioniert das?

»Wir gratulieren Ihnen zum Kauf eines XLT 712, Sie haben damit ...«, so beginnen Gebrauchsanweisungen, und dann folgt das Kapitel *Erste Schritte*: »Legen Sie das Gerät so vor sich hin, daß die Frontseite mit den beiden Knöpfen vor Ihnen liegt. Schieben Sie nun die beiden Knöpfe gleichzeitig mit beiden Daumen nach links bzw. rechts und öffnen Sie den Deckel.« Das ist einfach, das habe ich mir gedacht, daß ich vorerst den Deckel zu öffnen habe – trotzdem, die Bemerkung am Anfang macht mir Hoffnung, die Hoffnung, daß die Gebrauchsanweisung die Absicht hat, einfach zu sein. Darauf, das weiß ich, werde ich angewiesen sein. »Betätigen Sie jetzt den on/off-Schalter«, auch das habe ich mir gedacht. »Den Emulgatkonzeptor setzen Sie nun mit einem einfachen Konserptionsschritt in den Zustand der Konklusion«, und schon bin ich am Ende.

Also schön von vorn beginnen: »Legen Sie das Gerät so vor sich hin, daß die ...«, das hätte ich also richtig gemacht, an dem kann es nicht liegen.

Nein, ich liebe Gebrauchsanweisungen, ich liebe sie als Literatur. Ich lese sie am liebsten, ohne das entsprechende Gerät zu besitzen. Und sie sind Literatur, sie spielen mit der Unmöglichkeit der Beschreibung. Ein Fachmann, dem alles klar ist, hat einem Anfänger etwas zu erklären, etwas absolut Neues. Das schafft die Literatur nie, sie kann eigentlich nur Dinge beschreiben, die der Leser bereits kennt: Liebe, Trauer, Gemeinheit und Sonnenuntergänge.

Oder schreiben Sie mal für einen Außerirdischen die Gebrauchsanweisung zum Öffnen einer Tür: »Mit der ausgestreckten rechten Hand die Klinke« (was ist eine Klinke?) »ergreifen, sie leicht nach unten drücken, gegen sich ziehen, mit dem Körper eine halbe Drehung nach links machen, zwei Schritte vorwärts bzw. rückwärts machen, dabei die Klinke loslassen und gleichzeitig mit der linken Hand die Klinke auf der anderen Seite fassen und die Tür hinter sich zuziehen. Wir gratulieren. Sie befinden sich nun auf der anderen Seite der Mauer bei wiederum geschlossener Tür.«

Oder ich hätte einem Außerirdischen zu erklären, wie man wählt. Wo beginnt man da? Muß ich ihm zuerst erklären, was Schrift ist, was Papier ist, dann, was ein Staat ist, ein Parlament ist? Ich käme in dieselbe Verlegenheit wie der Autor der Gebrauchsanweisung für den XLT 712 – ganz einfach beginnen, und schon ist es zu schwer.

Nun hat mich noch nie jemand gefragt, wie man eine Tür öffnet. Die Türen sind einfach da, und die

Leute gehen durch die Türen, weil das einfach einmal dringend nötig ist.
Aber vor den Nationalratswahlen sagte mir ein junger Mann – ein durchaus interessierter, intelligenter und aufgeschlossener –, er möchte eigentlich auch gern wählen, aber er wisse nicht, wie das gehe. Ich bin hilflos. Was soll ich ihm nun erklären? Er wisse schon, daß er da zuerst eine Liste auswählen müsse, sagt er.
Ich möchte eigentlich gern, daß er wählen geht, aber wo soll ich nun mit meiner »Gebrauchsanweisung« beginnen? Bei der Erfindung der Schrift? Bei der Französischen Revolution? Oder hält er das Wahlmaterial, das er zugestellt bekam, für eine Gebrauchsanweisung? Also dann mal ganz einfach: »Sie legen den Umschlag mit dem Wahlmaterial so vor sich hin, daß Sie die Rückseite des Umschlags vor sich haben – also die Gegenseite der Adresse. Mit der einen Hand halten Sie nun den Umschlag, mit der anderen öffnen Sie die Lasche ...«, nein, so geht das nicht, und das möchte er auch nicht wissen.
Nein, ich verachte ihn keineswegs für seine hilflose Bemerkung, daß er gerne abstimmen mag, aber nicht weiß, wie. Ich könnte ihm jetzt zwar vorführen, wie ich abgestimmt habe, aber ich möchte ihm seine Freiheit lassen. Was für eine Freiheit?

Jedenfalls würde es mir doch noch etwas leichter fallen, einem Außerirdischen das Wählen zu erklären – ich wüßte, wo beginnen: nämlich ganz von vorn, bei der Erfindung der Schrift.

Jemand muß es tun

Sie roch, daran erinnere ich mich, nach Druckerschwärze. Ich mochte den Geruch sehr als Kind, und ich vermisse ihn heute – jenen Geruch, der mich vielleicht auch zum Leser gemacht hat. Der Geruch war für mich damals der Geruch der Wahrheit.

Peter Surava ist gestorben, der Chefredaktor der legendären Zeitschrift »Die Nation«, jener Zeitschrift, die den befreienden Geruch der Wahrheit hatte. Als sie damals die ersten Bilder aus einem Konzentrationslager veröffentlichte, wurde das zum Skandal, dabei waren damals bereits (fast) alle gegen die Nazis, eigentlich (inzwischen) alle. Und Peter Surava wurde schon bald zum Verfolgten, er wurde verurteilt, verhaftet und ein Leben lang gehetzt und verfolgt. Dies wohl, weil er nicht einfach ein Gegner der Deutschen war, sondern ein Antifaschist aus Prinzip. Er wollte, daß darüber geredet wird, daß die Vergangenheit – auch die Vergangenheit der Schweiz und der Schweizer – nicht einfach ad acta gelegt wird. Die Opportunisten, die es vorher schon waren, als noch anderes opportun war, und die es dann wieder waren, als wieder anderes opportun war, wollten nicht

daran erinnert werden, daß mal was anderes opportun war.
Peter Surava hat ein Leben lang für seine Rehabilitation gekämpft. Erst nach dem erschütternden Dokumentarfilm über ihn fanden die Etablierten zu ihm zurück, rehabilitierten ihn. Rehabilitation, ein eigenartiges Wort: »Wieder einkleiden.« Nun drückten ihm Bundesräte die Hand. Nun verneigte man sich vor ihm, er gehörte wieder dazu – zu wem? Nun mußte – endlich – niemand mehr von Schuld sprechen. Ich bin jedenfalls überzeugt, daß er nicht Eingang finden wird in die Schweizergeschichte, in die Schulbücher. Er wird nicht gelernt werden müssen, man wird an ihm nicht gelernt haben. Rehabilitation? – Er war jetzt wieder einer von uns!
Am selben Tag, als Surava starb, wurde ein anderer – ein gleicher und ein anderer zugleich – geehrt: Peter Zuber, der Mann, der sich gegen die Ausschaffungsgesetze gewehrt hat, der mit seinem ganzen Körper, seiner ganzen Person sich den Gesetzen entgegengestellt hat, zusammen mit seiner Frau Heidi Zuber.
Und jener Mann, der jene Gesetze auszuführen hatte, Peter Arbenz, hielt die Laudatio: eine sehr freundliche, freundschaftliche Laudatio, keine überschwengliche, fast ein bißchen zu still. Ich erinnere mich, wie wir vor Jahren in demselben Saal

versammelt waren zu einem *Banquet Républicain* und wie uns nicht nur unser Engagement, sondern auch die gemeinsame Wut auf Arbenz einigte.
Inzwischen sind Peter und Heidi Zuber und Peter Arbenz Freunde geworden – nicht einfach irgendwelche Freunde, sondern echte Freunde. Entstanden ist die Freundschaft, weil Peter Zuber der Sache zuliebe reden wollte. Es begann damit, daß er seinem damaligen »Gegner« Kompromisse abrang, um Zeit bat, versuchte, einzelne Leben zu retten – nur einzelne unter vielen. Es ging ihm vorerst nicht um das Prinzip, nicht um die Sache, sondern um die einzelnen Schicksale verfolgter Menschen. Jemand mußte es tun. Er mußte es tun. Und jemand – Arbenz – »mußte« halt das andere tun. Heldenhaft ist das nicht, sich mit seinem Gegner zu verständigen – aber mutig ist es.
Was mich an Heidi und Peter Zuber immer fasziniert hat: Sie waren die einzigen, die ich je getroffen habe, deren menschlicher (und übermenschlicher) Einsatz nicht den geringsten Hauch von Hysterie, von Sektierertum hatte. Es ging ihnen nicht um ein Prinzip, sondern um die einfache Sache, daß man einen, der anklopft, nicht im Stich läßt. Nun haben sie einen Preis für Menschlichkeit bekommen – nach ihrer eigenen Meinung einen Preis für die selbstverständlichste Sache der Welt.
Ich war auf der Feier. Ich bin gern gegangen, ich

liebe Heidi und Peter, und ich bin ihnen dankbar. Aber irgendwie fand ich mich fehl am Platz, denn da waren viele andere, von denen ich wußte, daß sie sich mit Leib und Seele für diese Sache einsetzten, mit Polizei und Gesetz in Konflikt kamen und immer noch kommen, wie die Zubers auch – und sie saßen da, bildeten sich auf nichts etwas ein, und sie sahen aus wie Schweizer, wie biedere Schweizer, die auch irgendeine andere Meinung hätten haben können.
Ich fühlte mich ein bißchen fehl am Platz, weil ich zwar immer ihrer Meinung war – aber immer ein wenig zu wenig Zeit hatte, mit ihnen aktiv zu werden. Nicht nur die Verehrung der späten Rehabilitierer, auch meine Verehrung für Peter Surava, für Heidi und Peter Zuber ist ein wenig billig – trotzdem, auch ich danke.

25. Dezember, ob wir Christen sind oder nicht, wir kommen nicht um ihn herum. Wir sitzen da, und vielleicht ist es ein bißchen langweilig, vielleicht auch ein bißchen zu heiß – so viele Leute sind nur an Weihnachten in der Stube, es ist ein bißchen viel –, und dann die Kerzen, und auf die Heizung hätte man verzichten können.
Aber irgend etwas müßte doch jetzt geschehen: Man erinnert sich, man erinnert sich ein bißchen, und man hat fast alles vergessen. Aber dann beginnt Tante Sabine zu erzählen: »Wie hat er nur geheißen, der Schreiner – der hatte so eine Frau –, der war doch immer dabei. Spielt ja keine Rolle, wie er geheißen hat, aber ebenjener Schreiner – nein, nicht der Feierabend, das war ein anderer –, jener Schreiner also, wenn wir als Kinder in der Weihnachtszeit ...«
Es ist so schrecklich, Tante Sabine hat ein so schlechtes Gedächtnis. Dabei hätte sie so viel zu erzählen. Und sie erzählt so schön.
Ich kannte einen, der hatte ein gutes Gedächtnis, ein hervorragendes sogar, nämlich ein absolutes. Alles, was er erlebte, prägte sich für immer in sein Gedächtnis, an alles erinnerte er sich so, wie wenn

es gerade jetzt – eben in diesem Augenblick – geschehen würde. Jeder Zeitungsartikel, jedes Buch, das er gelesen hatte, war im Original in seinem Kopf gespeichert. Ich war ein Jüngling damals, und ich habe jenem Mann eine Menge Wissen zu verdanken. Er führte mich ein in die Philosophie, wir hatten lange theologische Gespräche. Und was auch immer war, er wußte es, konnte es zitieren, mit Seitenzahlen, mit Datum, und er hatte nie das Pech, den Autor eines Zitats oder gar den Titel eines Buches nicht mehr zu wissen.
Nicht viele Menschen mochten ihn, aber einige schon, und mir war er sehr wichtig. Er war zwar streng und unbestechlich, aber er war genau und gerecht. Ich hatte damals das Glück, ihn für zwei, drei Jahre zu kennen. Länger konnte unsere Freundschaft nicht dauern. Wir bekamen Schwierigkeiten. Ich interessierte mich für andere Literatur, für andere Musik und vor allem für andere Dinge des Lebens, und ich erlebte seine Fähigkeit mehr und mehr als Unfähigkeit. Er war nicht etwa fähig, sich alles zu merken – im Gegenteil, er war unfähig, zu vergessen. Er war ein armer geplagter Mensch, und erst Jahre später erfuhr ich, daß er Ärzte in aller Welt besuchte, in der Hoffnung, sie könnten ihn von seiner Krankheit befreien.
Nicht vergessen können, das heißt dann auch, daß alles im Original bleibt, daß jede kleine Beleidi-

gung so bleibt, wie sie in jener schrecklichen Sekunde war. Das heißt dann auch, daß man seinem Gesprächspartner die Chance nicht mehr geben kann, daß man sagt: »Ja, ich weiß es auch nicht mehr, ja irgendwie so hat er geheißen ...«
Ich denke zwar immer noch in großer Verehrung an ihn, und es tut mir immer noch weh, daß wir uns verloren haben – aber er wurde für mich unmöglich: Ein strenger, gerechter und selbstgerechter Mann – man konnte mit ihm ganz einfach nicht reden.
Und am 25. wird Tante Sabine wieder erzählen: »Wie hat er nur geheißen, der Schreiner damals – nein, so hat er nicht geheißen ...«, und sie wird erzählen, und sie wird sich zwischendurch über ihr schlechtes Gedächtnis beklagen. Und dann wird sie sagen: »Da fällt mir noch ein ...«, und dann werde ich mich an meinen Freund mit dem totalen Gedächtnis erinnern. Ihm konnte in seinem ganzen Leben nichts einfallen. Es war einfach alles schon da. Und er war der schlechteste Erzähler. Er konnte überhaupt nicht erzählen, weil Erzählen immer mit Erinnerung zu tun hat, und ein absolutes Gedächtnis erinnert sich nicht.
Erzählen hat mit dem Erinnern zu tun und das Erinnern mit Vergessenkönnen und Wiederfinden – mit dem langsamen Einfallen.
Übrigens: Vergessenkönnen ist auch die Voraus-

setzung des Verzeihens. Weil Erzählen mit dem Vergessen und dem Erinnern zu tun hat, ist es etwas Friedliches. Deshalb wohl gibt es Weihnachtsgeschichten. Mein Mann mit dem Gedächtnis kannte sie alle auswendig – er konnte sie nur nicht erzählen. Er hatte die Fähigkeit nicht, sie in seinem Kopf nach und nach zu suchen. Im übrigen, er war ein friedlicher Mensch, aber der Frieden muß ihm sehr schwergefallen sein.

Die Leser

Im Restaurant hängt eine große Tafel mit den Speisen, die heute angeboten werden. Mittags kommen die Gäste, bleiben nach der Tür stehen, heben ihren Blick hoch zur Tafel und wählen ihr Menü aus.

Und wenn sie so dastehen, sehen sie aus, als würden sie beten – ihr Blick ist wie der Blick der Frommen zum Hochaltar. Wäre da ein TV-Gerät, der Blick wäre ein anderer. Sie stehen hier andächtig, und es beschämt mich ein bißchen, ihnen zuschauen zu müssen. Ich habe den Eindruck, ich beobachte sie bei etwas sehr Intimem – nämlich beim Lesen.

An der Busstation steht eine Frau. Sie hat ein dikkes Taschenbuch in der Hand, ein sehr benütztes, zerfleddertes, sie streckt ihren Hals vor, wird eins mit dem Buch und liest – eine sehr junge Frau, eine sehr schöne Frau. Sie liest. Ich bin wieder beschämt, daß ich sie dabei beobachte. Der Bus kommt. Sie steigt lesend ein, liest weiter. Sie erinnert mich an einen frommen Mönch mit seinem Brevier.

In meiner Beiz gibt es wenige Leser. Auch der *Blick* wird hier nicht von allen gelesen, aber von allen erzählt. Es wird hier behauptet und gesagt und

noch einmal gesagt. Ich gehöre hier mit dazu, vielleicht nicht einmal gern, aber einfach so.
Einer von meinen Kumpanen heißt Paul. Er redet auch und er behauptet auch, und er gehört auch dazu. Er ist Geleisemonteur – früher hieß das Gramper. Er ist jung, sehr jung, und er macht nie den Eindruck, daß er mit Buchstaben zu tun hat.
Nun kommt das Gespräch zufällig auf Calvados, und Paul sagt: »In *Drei Kameraden* trinken sie auch Calvados.« Ich kenne das Buch und den Autor, Erich Maria Remarque. Ich erschrecke, es kann doch nicht sein, daß er liest. »Du hast das gelesen?« frage ich, und nun sprudelt es aus ihm heraus. Am liebsten lese er Tschechow. Und dann fragt er: »Kennst du *Meister und Margarita* von Bulgakow?« Das kenne ich, eines der größten Bücher, die je geschrieben wurden, lang und schwer zu lesen.
Er hat es gekauft in der Buchhandlung, ein teures Buch. »Wie kamst du dazu, wer hat es dir empfohlen?« frage ich, und er sagt: »Ich wollte eigentlich Charles Bukowski, und dann habe ich danebengegriffen in der Buchhandlung. Weißt du«, sagt er, »ich lese auch Comics, ich lese alles – ich lese gern.« Und dann sagt er, und deshalb schreibe ich das hier auf: »Aber du bist in die richtigen Schulen gegangen, und du weißt das alles – bei mir ist das nur Zufall.«

Er glaubt wirklich, daß jene, die »in die Schulen gegangen sind« – Leser sind. Sie sind es nicht. Leser sind selten, und das Lesen in diesem Sinne hat noch niemand in der Schule gelernt. Lesen ist eine Verrücktheit wie Glauben.

Ich hätte es längst erkennen müssen, er hat wirklich jenen Blick der Leute, die kurz nach der Tür ihren Kopf zur Tafel heben, auf der die Menüs des Tages stehen.

Inzwischen reden wir ab und zu über Bücher, über Mozart übrigens auch, er hört auch viel Musik. Ich rede mit viel Hemmungen mit ihm, denn er ist mir überlegen: Er ist ganz allein – ohne Schule, ohne Lehrer, ohne Vorbild – zum Leser geworden. Ich nehme nicht an, daß er während seiner Schulzeit je einen Lehrer gehabt hat, der so gebildet war, wie er jetzt ist – hätte er, er hätte eine andere Schulzeit gehabt.

Er sagt: »Ich achte meistens darauf, wenn ich Bücher kaufe, daß der Verlag ›soundso‹ darauf steht.« Das ist ein sehr ehrgeiziger Verlag, ein hochliterarischer. Ich habe das noch nie gehört, daß einer Bücher kauft wie Lebensmittel oder Radios und auf die Marke achtet. Ich finde das schön.

Eigentlich nur schade, daß ich ihm über den Weg gelaufen bin. Ich werde auf die Dauer kaum verhindern können, daß ich es ihm erkläre. Denn wir gehören jetzt zusammen, wir sind Leser.

Und dann sagt er einen schönen Satz: »Hie und da habe ich das Gefühl, ich sei zu spät geboren.« Das erinnert mich an die Zeit, als ich, viel zu jung und ohne jede Anleitung, Adalbert Stifter gelesen habe. Ich fühlte mich damals auch als zu spät geboren. Vielleicht waren die Leser schon immer zu spät geboren – schön, daß sie immer noch geboren werden, wenn auch immer zu spät.

Austreten

Dogg sehe ich selten und zufällig, aber ich freue mich, wenn ich ihn sehe. Er hat immer noch ein bißchen was von Vorbild für mich. Dabei weiß ich gar nicht, was er jetzt macht, was er jetzt denkt, was er vertritt, was er mag und was er haßt. Er lobt mich für etwas, das ich geschrieben habe, das macht mich richtig stolz. Und er begrüßt mich mit der linken Hand, das beschämt mich.
Dogg war damals mein Pfadfinderführer. Für einen Pfadfinder war ich zwar ein bißchen zu langsam, zu ungelenk und zu linkisch. Um so mehr hat mir die Idee gefallen. Ich war gut in der Theorie, im Auswendiglernen der Gesetze und der Ideologie der Pfadfinder. Ich kannte die Biographie von Baden Powell. Und ich hatte – 1948 noch, drei Jahre nach dem Krieg – das Versprechen im Kopf, daß wir Pfadfinder beim Ausbruch eines Kriegs als Meldeläufer eingesetzt würden. Ob ich deshalb auf Krieg gehofft habe – ich hoffe es nicht. Aber als Pfadfinder war ich ein glühender Patriot, ich freute mich auch darauf, später Soldat zu sein, und zwar einer, der weiß, um was es geht. Man konnte mich zwar praktisch nicht sehr brauchen, aber die Ideologie gefiel mir. Und ich gab meinen Mitpfadfin-

dern wenigstens die Gelegenheit, den Grundsatz, daß der Stärkere den Schwächeren schützt, in die Tat umzusetzen. Sie taten es liebevoll und waren stolz darauf, mich bei kantonalen Wettbewerben über den Parcours schleppen zu dürfen.

Dogg war ein wunderbarer Pfadfinderführer. Er gibt mir heute noch die linke Hand, und das beschämt mich. Ich wage ihm nicht mitzuteilen, daß ich schon längst ausgetreten bin – vor 46 Jahren, mit 14. An irgendeinem Samstag schwänzte ich und ging mit meinem Vater auf eine Wanderung. Ob ich an diesem Tag schon wußte, daß ich nun ausgetreten war? Wohl schon. Denn ein Pfadfinder ist treu, und unentschuldigt fernbleiben ist Untreue. Und Untreue, auch notwendige und einsichtige, geht unter die Haut. Nein, ich bin kein Pfadfinder mehr, und die Ideologie der Pfadfinder ist schon längst nicht mehr meine. Aber ich bin dankbar dafür, daß sie es einmal war, daß ich einmal für ein paar Jahre treu war. Und daß ich an ihr den Treuebruch üben konnte. Ich wage Dogg heute noch nicht mitzuteilen, daß ich kein Pfadfinder mehr bin.

Am letzten Sonntag auf einem Festplatz traf ich Ida wieder. Sie kam zu mir, grüßte mich strahlend, fragte, ob ich sie noch erkenne – das tat ich vorerst nicht und dann mit großer Freude. Ida war unsere Leiterin in unserer Jugendgruppe im Blauen Kreuz gewesen. Ich war ein zehn-, elf-, vierzehnjähriger überzeugter Abstinent, und ich verehrte Ida, ich lernte viel von ihr. Ich lernte von ihr, eine Überzeugung zu haben. Nun traf sie mich hier beim Rotwein, und sie weiß wohl auch, daß ich ihn inzwischen gern habe – aber Ida freute sich offensichtlich, mich wieder zu treffen. Ich habe von ihr damals viel gelernt, nur vielleicht nicht das, was sie mir beibringen wollte. Irgendwie hatte ich das Gefühl, daß sie ein bißchen Verständnis hat für mich – vielleicht noch mehr als ich selbst –, denn die Erinnerung an den Treuebruch bleibt, bleibt für immer und steckt unter der Haut.

Dabei war Austreten immer als Befreiung gemeint – Befreiung vom Gelübde des Pfadfinders, des Blaukreuzlers. Doch die Erinnerung an den Trennungsschmerz bleibt – Treuebruch hinterläßt Narben. Narben, die mich immer wieder an Dogg und an Ida erinnern. Ich habe sie damals verlassen, um ganz selbst Verantwortung zu übernehmen, um selbst über »Meldeläufer« nachdenken zu dürfen. Eine Befreiung war es nicht. Die Scham ließ mich nachdenken und argumentieren und dagegen denken. Das habe ich von Dogg und Ida gelernt, ohne daß sie das eigentlich wollten. Dafür habe ich beiden zu danken. Wäre ich noch Pfadfinder, wäre ich noch Abstinent, ich hätte sie wohl beide vergessen.

Interesse an und für sich

Vor vielen Jahren ein Gespräch mit Witold Gombrowicz – ein exzentrischer und ein von sich eingenommener, aber großartiger polnischer Autor. Er beklagte die mangelnde Allgemeinbildung der Leute, und als ich ihn fragte, was denn Allgemeinbildung sei, antwortete er: »Allgemeinbildung ist alles, was ich weiß.«

Das schien mir damals doch ein bißchen einfach, selbstgerecht und arrogant. Da könnte ja jeder kommen und sagen, was ich weiß, ist Allgemeinbildung – und was ich weiß, ist alles, was man wissen muß.

Bei Gottfried Benn habe ich einmal gelesen, es sei wichtig, daß man von einer einzigen kleinen Sache alles wisse. Das hat mir – ich war noch sehr jung – eingeleuchtet, und weil ich eben Hugo Ball entdeckt hatte, den Vater der Dadaisten, und begeistert von ihm war, wie man wohl nur als junger Mensch begeistert sein kann, entschloß ich mich, alles über Hugo Ball wissen zu wollen. Ich begann zu lesen: alles von ihm, über ihn, die Werke seiner Freunde, seiner wunderbaren Frau, Emmy Hennings – ich stieß dabei auch schon sehr früh auf Friedrich Glauser, der Balls Freund war –, aber ich

kannte mich: Ich halte solche Sachen nicht lange durch, und ich wußte schon zu Beginn, daß ich wohl irgendwo am Anfang oder in der Mitte stekkenbleiben würde, daß auch seine Bücher bald verstaubt in der Ecke stehen würden.
Das beschämte mich zum voraus – und hinterher, als es eintraf, noch mehr.
Irgendwie fehlt mir die Fähigkeit, mich zu konzentrieren auf eine Sache, ich lasse mich ablenken von allem. Darüber bin ich froh, denn eigentlich wäre es ein fürchterliches Leben, wenn es besetzt wäre von Briefmarken, Nashörnern oder Taschenuhren. Irgendeinmal lernt man nämlich jene kennen, die besetzt sind von einer einzigen Sache. Ich weiß nicht, ob sie dem Gottfried Benn gefallen hätten – teilweise leider.
Also dann doch Gombrowicz: »Allgemeinbildung ist alles, was ich weiß«, und vielleicht mit dem Zusatz, »wenn ich alles wissen will«, denn Gombrowicz war nicht nur ein Eingebildeter, sondern auch ein Hochgebildeter – einer, der sich interessierte, wenn auch trotzig.
Das erinnert mich an kleine Kinder – an ein-, zweijährige –, die total interessiert sind, ihre Welt in sich aufsaugen, sie in sich hineinreißen. Und wir Erwachsenen sitzen ihnen gegenüber und freuen uns darüber, daß wir wahrgenommen werden – von niemandem so und von niemandem so direkt

wie von Kindern, als würden sie sich sagen: Aha, der gehört auch zur Welt. Wenn Interesse Allgemeinbildung ist – und das hat Gombrowicz wohl gemeint –, dann sind die kleinen Kinder die Gebildetsten. Sie lernen Sprachen und sie lernen sprechen, alle – unabhängig von der Dummheit oder Klugheit ihrer Eltern – einfach so. Ist denn Erwachsenwerden nichts anders als das Interesse verlieren? Und wer oder was macht uns so? »Du wirst dir die Hörner schon noch abstoßen«, sagen die Erwachsenen. Ich habe sie in Verdacht, daß sie wirklich meinen: »Auch du wirst noch dein Interesse verlieren.« Nämlich das Interesse an der Welt an und für sich – ohne an Nützlichkeit und Erfolg zu denken.

Ich denke an W. Ich kenne ihn schon lange. Der Sinn für Interesse wurde ihm schon mit zwölf gründlich ausgetrieben, und von da an trieb er sich ziemlich stumpf in dieser Welt herum – nicht total erfolglos, aber mehr oder weniger freudlos. Nun treffe ich ihn wieder, und er stellt Fragen und stellt fest, und er erzählt. Erzählt von seinem Computer – er hat eine Nische für den verlorenen Sinn für Interesse gefunden. Er ist jetzt ein Computerfreak. Nein, er wird sich aus dem Internet kein Wissen holen – aber er hat eine Welt gefunden, in der man sich kindlich interessieren kann und darf.

In Nischen finden wir zum Sinn für Interesse zurück: Pins sammeln, Nashörner sammeln, in den Computer schlüpfen und sich in einer Welt verstecken, die zu nichts nütze ist. Wichtig ist, von einer Sache (bitte von einer *un*nützlichen) alles zu wissen. Und Gottfried Benn bekommt so doch noch recht.
Zu denken geben müßte uns nur, wie früh das Kinder schon nötig haben. Mit Interesse hat das, so scheint mir, nicht viel zu tun, viel mehr mit der Suche nach dem kindlichen Sinn für Interesse – sich interessieren dürfen ohne Nützlichkeit.

Positives Denken

Sie lassen verlauten – mit gelockerter Krawatte, in gelockerter Pose, den frischgewaschenen Schalk des Pfadfinders in den Augenwinkeln –, ihre Prognosen für das nächste Jahr seien gedämpft optimistisch. Sie sähen durchaus eine Chance. Sie nähmen die neuen Herausforderungen an. Sie sähen durchaus eine Möglichkeit. Sie würden die Konkurrenzfähigkeit steigern müssen.
Die Manager geben ihre Interviews. Ihre Zeit kommt, ihre Meinung ist jetzt gefragt, und was sie im Betriebswirtschaftsstudium gelernt haben, kommt jetzt endlich zum Tragen. Aktionäre und Anleger haben sich nicht zu fürchten, die Betriebsergebnisse des letzten Jahres waren weit besser als erwartet, und die Dividende bleibt unverändert, und jetzt wird erst noch maximiert und rationalisiert, (gedämpfter) Optimismus ist angesagt. Das Lehrbüchlein der Nationalökonomie kommt endlich zu seinem Recht, der Markt ist frei und funktioniert endlich nach seinen Gesetzen.
Vor den Wahlen in Rheinland-Pfalz steht Bundeskanzler Kohl auf dem Domplatz in Mainz und erklärt den auffallend wenigen Leuten sein »ehrgeiziges Programm«, Tausende von Arbeitsplätzen

zu schaffen. »Die Schweizer machen uns vor, wie man das macht«, sagt er und spricht begeistert von Novartis (Ciba-Sandoz). Die wüßten, wie man stark wird. Arbeitsplätze?

Nein, es geht um anderes. Es geht um die Stimmung. Und die Krise wurde herbeigeredet, und die Miesmacher sind schuld. Wir müssen nur wieder lachen und uns freuen und positiv in die Zukunft schauen. Wer wir? Wir, die Manager, selbstverständlich.

Und letztlich sind halt dann die Arbeitslosen schuld an allem. Sie machen die Stimmung kaputt. Sie fürchten sich in einer Zeit, wo Leistung und Innovation und positives Denken gefragt sind. Letztlich sind all jene schuld, die um ihre Arbeitsplätze fürchten. Die machen wirklich die Stimmung kaputt – ausgerechnet jetzt, wo alles, was die Manager können, zum Tragen käme. (»Die Schweizer machen uns das vor.«)

Ich habe den Schuldigen gefunden: Philipp. Er ist nicht ganz zufrieden und ein bißchen unzufrieden, und er klagt. Also erst einmal hat ihn der Mechaniker betrogen und ihm etwa acht Franken zuviel verlangt für die neue Kette für das alte Töffli. Dann hatte er einen Unfall mit dem Töffli – ein Autofahrer. Dann also im Spital und in der Rehabilitation, dann Fürsorge, dann Invalidenversicherung, dann wurde das Töffli gestohlen. (Also, das war so: Er hat es einem ausgeliehen, und der hat es gleich dem Velohändler verkauft, und der hat es gleich weiterverkauft – und weil er es gleich weiterverkauft hatte, konnte man juristisch nichts machen, sagt er.) Dann suchte er immer eine Frau. Dann ist ihm eine Freundin davongelaufen. Dann hat er einem Freund gesagt, daß er ihm am Samstag ein Brot bringen soll. Der hat es aber vergessen, und dann hatte er am Sonntag kein Brot. Dann hat der Freund gesagt, daß der Bäcker am Sonntagmorgen offen habe. Aber er steht doch nicht auf am Sonntag, zieht doch nicht die Hosen an, geht doch nicht runter zur Tür und öffnet sie mit dem Schlüssel. Also war es doch falsch, daß der Freund vergessen hat, ihm am Samstag ein Brot zu bringen – oder? Und dann kommen so Zettel, und die sollte man lesen, und dann weiß er von nichts, wie es funktioniert. Aber er weiß, daß man, wenn man es nicht weiß, betrogen wird – also weiß er es, aber nicht richtig. Dann wurde er noch krank – jene Krankheit mit der Chemotherapie. Die Krankheit war dann gleich weg, hat der Arzt gesagt oder so etwas. Und all das in klagendem Ton – nur eben, er lebt eigentlich gern, und dann sieht er die Frauen gern, und außer daß er invalid ist, fühlt er sich so richtig jung, eben außer daß er mal kurz krank war. Und außer daß sein Freund mal vor fünf Jahren am Samstag das Brot nicht gebracht hat.

Ja richtig, Herr Manager, die Geschichte paßt überhaupt nicht zum Thema. Warum sie mir trotzdem eingefallen ist? Ich weiß nicht. Ich mag ihn halt. Er ist halt ein Mensch. Und ich frage mich, was mit ihm geschieht. Nein, Herr Manager, das ist nun überhaupt nicht Ihr Problem. Philipp ist schon längst aus dem Arbeitsprozeß herausgefallen.
Ich frage mich trotzdem, was mit ihm – er ist alt – geschehen wird. Wie haben Sie gesagt? Das meiste werde mit natürlichen Abgängen geregelt. Natürliche Abgänge?

Die schöne Schwester der Langeweile

Eigentlich müßte ich jetzt über die Fußball-Europameisterschaften schreiben – oder viel schlimmer: Eigentlich kann ich jetzt über gar nichts anderes schreiben, denn die Europameisterschaften besetzen meinen Kopf. Nein, nicht den ganzen, in meinem Kopf ist noch anderes: Ich weiß noch, wie ich heiße, wo ich wohne, ich weiß noch einiges, was ich gelernt habe, was ich gelebt habe. Ich interessiere mich für vieles andere mehr als für Fußball. Und was ich über Fußball weiß, ist wohl ein ganz kleiner und unwichtiger Teil meines Wissens, und ich verstehe auch nicht viel davon. Trotzdem, der Fußball beginnt meinen Kopf zu besetzen.

Als Kind habe ich mir mal ein Schulheft gekauft und auf das Etikett geschrieben: »Was ich alles weiß«. Ich wollte sozusagen ein Inhaltsverzeichnis meines Hirns anlegen. Ich wollte wissen, wieviel drin ist. Also: »Ich weiß, wie ich heiße. Ich weiß, wo ich wohne. Ich weiß den Namen meiner Schwester. Ich weiß, wie sie aussieht. Ich weiß die Namen meiner Mitschüler. Ich weiß, ich weiß ...«

Auf meinem Computer ist ein Dateimanager. Da kann ich schauen, was und wieviel da alles drin ist. Und ich staune, wieviel es ist – und wieviel da noch Platz hätte. Ich werde ihn nie füllen können. Ich frage mich – eine kindliche Frage –, wieviel Platz all das, was ich weiß (wo ich wohne, wie man die Eisenbahn benützt, die Marke meiner Zahnpasta), auf einem Computer beanspruchen würde.

Ich lösche auf meinem Computer alles, was ich nicht mehr brauche. Ich werde ihn zwar nie füllen, aber ich geize mit Kilobytes. Mit meinem Hirn kann ich das nicht, wenn auch die Festplatte meines Hirns – mein Gedächtnis – noch viel freien Raum hätte. Ob, wenn ich etwas vergesse, auch in meinem Hirn Raum frei wird?

Ich habe mich als Kind furchtbar gelangweilt und meine Mutter damit gequält, die ich allerdings auch im Verdacht hatte, daß sie sich langweilt. Sie versuchte meine Langeweile nur deshalb zu bekämpfen, weil ich es besser haben sollte als sie.

Ich habe dann halt Bücher gelesen aus Langeweile. Ich habe versucht, ein Inhaltsverzeichnis meines Hirns anzulegen, aus lauter Langeweile. Und ich habe mich mehr und mehr daran gewöhnt, in der Langeweile zu leben – in den Leerstellen meines Hirns.

Und diese Leerstellen, so scheint mir, unterscheiden sich vom freien Platz auf der Festplatte meines Computers. Irgend etwas ist da drin, in diesen Leerstellen: die quälende Gelangweiltheit und

ihre sanfte Schwester, die Langeweile. Jene Langeweile, die die Zeit lang macht, das Leben lang macht, jene lange Weile, die mir Zeit gibt, die mir »lange Zeit« gibt, auf Schweizerdeutsch »Längi Zyt«, ein wunderschönes Wort für Sehnsucht.
Nur eben, im Augenblick, sind die Leerstellen in meinem Hirn, wo die »Längi Zyt«, die Langeweile, wohnt, besetzt von etwas, das ich gar nicht will, von Fußball, und wenn der Fußball vorbei ist, dann wird Werbung diesen Teil besetzen wollen und Scheinärger und Scheinnachrichten. Ich kriege den freien Teil in meinem Kopf nicht frei.
Die etwas schwerfällige, aber wunderbare Langeweile hat eine lustige, schöne, aber böse Schwester – sie heißt Kurzweil. Sie versaut und verkürzt uns das Leben, denn jene leere Ecke in meinem Hirn, in der die Langeweile sich gemütlich breitmachen möchte, jene leere Ecke, in der die Langeweile zur Sehnsucht wird, das wäre wohl ich – ich ganz selber. Aber immer wieder ist sie besetzt von der schönen, bösen Schwester Kurzweil. »Ich bin kein Dichter«, hat Paul Valéry gesagt, »ich langweile mich nur.«

Und bleib imer frölich

Vor mir an der Wand hängt seit Jahren ein Zettel mit dem Satz: »Und bleib imer frölich, Deine Anna.« Er stammt aus Karlsruhe. Ich hatte dort mal eine Lesung vor Kindern. In der Pause durften sie Fragen aufschreiben, die ich dann zu beantworten hatte.
»Wie lange brauchen Sie für eine Geschichte?« »Wie finden Sie die Namen?« »Wie viele Bücher haben Sie geschrieben?« Das sind keine dummen Fragen. Es gibt keine dummen Fragen. Es gibt nur dumme Antworten. Der Zettel von Anna aber war anders als die anderen. Sie hatte auf ihm vorerst Linien gezogen, ohne Lineal, krumme Linien, und dann auf diese krummen Linien mühsam Buchstaben gesetzt – keine Frage, nur ein Wunsch: »Bleib imer frölich.« Eine Frage eines kleinen Mädchens an die Erwachsenen – die Frage nach dem Leben der Erwachsenen: »Bleib imer frölich, Deine Anna.«
Das ist schon zwanzig Jahre her. Und Anna – ich habe sie nie gesehen, nur ihren Zettel – ist, wenn sie damals sieben war, inzwischen 27. Ich frage mich, ob sie noch schreibt, ob sie noch immer Buchstaben auf kleine Zettelchen schreibt. Denn

mir scheint, sie war talentiert, sie konnte mit ein paar mühsamen Buchstaben auf krumm gezogenen Linien Welt beschreiben – Freuden und Leiden. Und sie hatte den Mut zum Schreiben. Dieser Mut, so fürchte ich, wird sie inzwischen wohl verlassen haben – wie viele andere auch, die sich auch einmal darüber freuten, daß sie mit ein paar Buchstaben Sprache auf einen Zettel zaubern konnten.
Ich versuchte damals, die Frage von Anna – denn es war eine Frage – zu beantworten, zögernd wohl und stotternd, und ich habe damals versprochen, daß ich ab jetzt das Wort frölich immer ohne »h« schreiben werde. Ob ich mein Versprechen gehalten habe? Es könnte sein, daß ich das Wort seither noch nie gebraucht habe.
Die Geschichte mit Anna – die »frölich« so wunderschön ohne »h« schrieb – ist mir wieder eingefallen, als ich kürzlich zufällig mit Freunden eine Frau traf, die Professorin für Volkswirtschaft ist. Das erste, was ihr einfiel, als sie hörte, daß ich ein Schriftsteller sei, war, daß ihre Studenten die Kommaregeln nicht kennen und daß sie dauernd damit zu tun habe, Kommas zu korrigieren.
Selbstverständlich war ich beleidigt, denn ein Schriftsteller ist nicht einer, der die Kommaregeln kennt. Ich kenne das von meinen Saufkumpanen. Sie sind ein bißchen stolz auf mich, und zwar, weil sie glauben, ich beherrschte die Rechtschreibung –

warum heißt das Rechtschreibung und nicht Richtigschreibung? Es heißt Rechtschreibung, weil jene, die sie können, im Recht sind, und jene, die sie nicht können, im Unrecht. Vielleicht hat Anna Volkswirtschaft studiert.
Aber inzwischen ist alles gut. Die Rechtschreibung wurde revidiert. Deutschland, die Schweiz, Liechtenstein und Österreich haben ein Vertragswerk unterschrieben.
Mich selbst haben die alten Regeln so wenig interessiert wie die neuen. Ich hätte nie geschrieben, wenn mich die Rechtschreibung interessiert hätte. Sie war zu nichts anderem gedacht, als mich und Anna daran zu hindern, die Schrift zu gebrauchen. Ich habe es trotzdem getan. Die Rechtschreibung ist jetzt einfacher, aber sie ist jetzt Gesetz. Wer ab jetzt falsch schreibt, verstößt gegen Staatsverträge – so ein hirnverbrannter Blödsinn.
Die Staatsverträge übrigens hätte man schon früher unterschreiben können, aber es gab Schwierigkeiten mit der deutschen Delegation. Sie ließ verlauten, sie hätte noch mit dem Bundeskanzler Rücksprache zu nehmen.
So ist das. Der Kaiser verordnet auf Grund von Erkenntnissen seiner Weisen die Rechtschreibung, und Anna mit ihren schönen krummen Linien kommt unter die Räder. Um keine Fehler zu machen, wird sie das Schreiben nun lassen.

So ist es auch gedacht. Denn wo kämen wir hin, wenn alle, die die Buchstaben gelernt haben, auf Schriftliches schriftlich reagieren könnten. Die Rechtschreibung dient dazu, daß nicht alle wagen, zu ihrem Recht zu kommen.
Schafft sie doch endlich ab – und gebt der Volkswirtschafts-Professorin Gelegenheit, Gescheiteres zu unterrichten als Rechtschreibung – oder macht die Rechtschreibung so schwer, daß sie niemand mehr kann und alle wieder den Mut hätten, zu schreiben. Denn die Vereinfachung wertet die Rechtschreibung noch mehr auf. Schafft sie endlich ab.
Ich möchte, daß Anna immer noch schreibt – und dabei ein wenig frölich bleibt.

Sara McKeney, Schweiz, Gold

Sind Sie sicher, daß Sie sich für Sport interessieren? Dann wissen Sie wohl auch noch, wie die beiden Brüder heißen, die eine Goldmedaille im Rudern gewonnen haben. Vor einer Woche wußten wir es doch noch. Oder ist es vielleicht doch so, daß Sie sich überhaupt nicht für das Rudern interessieren? Vor zwei Wochen waren Sie noch ausgesprochene Fachleute in Sachen Rudern. Sie (und ich) plapperten einfach dem Reporter nach: Schlagzahl, Kadenz, Einteilung des Rennens. Vor zwei Wochen glaubten Sie doch im Ernst daran, sich dafür zu interessieren.

Nein, im Augenblick und spontan wüßte ich jetzt die Namen der beiden nicht. Dabei habe ich gelesen, daß sie Helden seien, und Helden sind doch für immer – die Namen Wilhelm Tell und Winkelried weiß ich noch.

Könnte es sein, daß Sie sich zwei Wochen lang für Dinge interessierten, die Sie überhaupt nicht interessieren? Ist Ihnen aufgefallen, daß Sie sich alle vier Jahre Sportarten anschauen, für die Sie nicht mal aus dem Fenster schauen würden, wenn sie vor Ihrem Haus stattfinden würden: Hammerwerfen, Synchronschwimmen, Dreisprung, Land-

hockey usw. usw. Den Namen Pascal Richard weiß ich – vorläufig – noch. Ich interessiere mich ein bißchen für Radrennfahren.
Und noch eine Frage: Würden Sie sich für das Sackgumpen interessieren, wenn es eine olympische Disziplin wäre? Verneinen Sie bitte die Frage nicht allzu voreilig – selbstverständlich, Sie würden. Und wenn Sara McKeney – durch Heirat Schweizerin geworden – unter den Favoriten wäre, würden Sie aufbleiben bis morgens um vier, um den Final zu sehen. Kurz vor den Spielen hätte Sara noch den Trainer gewechselt und den Ausrüster. Sie gumpt jetzt in einem afghanischen Sack und in den Schuhen der Konkurrenz. Keine andere hat eine so hohe Gumpkadenz. Keine andere trainiert so hart, sieben Stunden am Tag, und das seit Jahren, stets ein Ziel, nur ein Ziel vor Augen. Sie hat – wie keine andere – eine professionelle Einstellung. Sie ist – und bleibt – ein Vorbild. Selbstverständlich würden Sie Ihrem neunjährigen Sohn den Wunsch nach einem afghanischen Sack – die heißen nur so, weil Afghanistan seit Jahrzehnten die besten Gumper stellt; McKeney ist die erste westeuropäische Goldmedaillistin – nicht abschlagen, die 670 Franken dafür ausgeben und heimlich hoffen, daß er ein Sackgump-Profi wird – ein Vorbild wie Sara McKeney, die übrigens als Sechsjährige angefangen hat. Mit zwölf – immer noch

in Kanada – hatte sie dann die beiden Knieoperationen, die bewirkten, daß sie – wie keine andere – absolut parallel in ihrem Sack steht.
Doch, auch ich Esel würde mir das anschauen und mitzittern und die Daumen drücken für nationales Gold, und wenn sie dann auf dem Treppchen stehen würde, hätte auch ich – Esel – jenes Würgen im Hals, das ich bei den beiden Brüdern hatte, deren Namen mir im Augenblick nicht einfallen. Ist Ihnen übrigens aufgefallen, daß es erstaunlich still wurde um den Sieg des Luzerner Chinesen, als wir dann »eigene« und »richtige« Medaillen machten? Er trat also nur als nationaler Ersatzmann für den Notfall an, sozusagen.
Ja, das habe ich mir alles angeschaut, und ich bin beleidigt, daß man mir Ereignisse angedreht hat, die keine sind. Ich bin darauf reingefallen und habe mich für Dinge interessiert, die mich nicht interessieren. Die Nation jedenfalls hat gut daran getan, in die McKeney hoch zu investieren.
Mein Vater übrigens interessierte sich nicht für Sport oder nur für jenen, den er selbst betrieb. Er war ein leidenschaftlicher Bergsteiger und Skifahrer. In den Fünfzigerjahren kaufte er sich dann einen Fernseher, und plötzlich kannte er die Namen von Fußballern, wurde zum begeisterten Fachmann, kritisierte die Schiedsrichter und zitterte für Basel oder Luzern.

Ob er sich für Fußball interessierte? Nein, aber er interessierte sich fürs Fernsehen – leider.
Und nun, leert eure Taschen und investiert in die Heldin der Nation. Wir wollen die McKeney in vier Jahren wieder sieggumpen sehen. Es wäre ihr drittes Gold, das zweite für die Schweiz.
Die Schweiz hat jedenfalls, so habe ich gelesen, mit ihren Investitionen in den Sport den richtigen Weg eingeschlagen. Und dann ist ja noch das mit dem Breitensport. Spitzensport dient dem Breitensport: breites und verbreitetes Sackgumpen.
Die Olympischen Spiele, so scheint mir, sind die Spiele der Kranken, der kranken Nationen, des kranken Publikums, der kranken Funktionäre. Und vielleicht sind die Spiele der Invaliden die Spiele der Gesunden – die Frage ist nur, ob sie das immer noch sind, und wenn, wie lange noch.

Heimat ist gratis

Ich bin in diesem Leben zum Raucher geworden. Ich bin auch anderes geworden, was ich nicht werden wollte – Soldat zum Beispiel. Radrennfahrer oder Fußballer bin ich nicht geworden. Dabei schwärmte ich als Kind von Hugo Koblet und von Ballabio. Wäre ich es geworden, ich hätte meinen Ärger damit gehabt, und Ballabio wäre schuld, ihn würde ich anklagen vor Gericht, denn er hätte es mir vorgemacht, er hätte mich verführt, er wäre verantwortlich für die Arthrose in meinem rechten Knie. (Ich bitte davon abzusehen, mir Hausmittelchen und Kuren zu empfehlen, es ist absolut erträglich.) Ich sehe auch davon ab, Ballabio anzuklagen.

Geraucht habe ich, und ich tue es noch immer. Das ist nicht gescheit, und das kommt nicht gut. Aber abgesehen davon ist es mir auch eine dauernde Belästigung: Ich mag meine vollen Aschenbecher nicht, ich mag es nicht, meine Nachbarn belästigen zu müssen. Ich mag es nicht, daß die Zigaretten einen Teil meines Tagesablaufs bestimmen. Aufhören – der Vorschlag ist berechtigt, aber dann würde wohl für lange Zeit mein Tagesablauf durch das Nichtrauchen bestimmt.

Wer hat mich denn eigentlich zum Menschen gemacht, oder zum Schreiber, zum Sozialisten, zum Leser, zum Träumer? Alles Dinge, die nicht nur Freude machen, sondern auch ganz schön belästigen können. Da müßte ich doch jemanden anklagen können dafür, daß ich träume – vom Militär zum Beispiel, immer noch – und schweißgebadet erwache.
Im amerikanischen Fernsehen gibt es Werbespots von Rechtsanwälten, die den Leuten einreden, daß jeder Mensch irgendwo einen Haftpflichtanspruch habe. Denn für alles, was wir haben, ist ein anderer verantwortlich – zum Schreiben bin ich verführt worden, von Johann Peter Hebel, Robert Walser, Max Frisch. (Bei Frisch gäbe es noch Rechtsnachfolger. Die müßten mir jetzt eigentlich den Schaden ersetzen. Meine vollen Aschenbecher zum Beispiel könnten ja mit dem Elend des Schreibens zu tun haben.)
Aber ich habe Max Frisch gern gelesen, ich habe mich von ihm gern verführen lassen. Er gehört zu meinem Leben. Er ist ein Teil meines Lebens. Die Zigaretten sind auch ein Teil meines Lebens. Und ich werde am Ende meines Lebens sterben, weil alle am Ende ihres Lebens sterben. Nicht an den Zigaretten werde ich sterben, sondern an meinem Leben, zu dem halt – jedenfalls bis jetzt und auch leider – die Zigaretten gehören. Ich weiß gar nicht,

wie das angefangen hat, eines Tages waren sie da, die Zigaretten, und sie haben mich nicht mehr verlassen. Sie haben mich begleitet, belästigt, geärgert.

In Amerika wurde eine Tabakfirma zu Schadenersatz gegenüber einem Raucher, der an Krebs erkrankte, verurteilt. Er wußte nicht, daß in den Zigaretten Gift ist, und die Firma hatte es ihm nicht mitgeteilt.

Das brachte wohl einen Mann in Amerika, der weiterhin Präsident bleiben möchte, auf die Idee, das Prinzip auszudehnen: Die ganze Tabakindustrie soll verurteilt werden für all die Schäden, die sie verursacht hat.

»Verursacherprinzip« heißt das. Wer den Schaden anrichtet, soll ihn bezahlen, zum Beispiel die Waffenfabriken die Folgen von Schußverletzungen, die Autofabriken die Folgen des Straßenverkehrs, die Arbeitgeber die Folgen von Entlassungen und die Gärtner die Folgen von Blutvergiftungen, weil sie nicht darauf aufmerksam gemacht haben, daß Rosen Dornen haben.

Aber jener Amerikaner, der Präsident bleiben will, ist vor vier Jahren mit einem politischen Programm in die Wahlen gestiegen: Verbesserung der Bildung, der Sozialversicherung, der Krankenversicherung. Diesmal – vier Jahre später und gescheitert – bleibt nur noch ein Programm, das nichts kostet. Das Verursacherprinzip kostet nichts, und es leuchtet so schön ein. Das ist keineswegs ein Prinzip von Clinton, das ist das Prinzip einer weltweiten Politik: Der Staat wird schlank, die Politiker haben ihm Magersucht verordnet. Magersucht ist tödlich.

Aber trotzdem: Richtig, Herr Präsident, die Verursacher sollen bezahlen. Die Frage ist nur, warum es denn noch einen Präsidenten braucht. Das totale Verursacherprinzip ist die totale Entsolidarisierung, die totale Privatisierung, ist die Abschaffung des Staates. Ohne Staat brauchen wir auch keinen Präsidenten. Da braucht man nur noch ein paar schlitzohrige Rechtsanwälte und einen Richter.

Als Amerikaner würde ich übrigens Bill Clinton wählen, nur wüßte ich nicht, warum. Bis jetzt bin ich als Bürger zur Wahl gegangen, um zu unserem Staat, zu unserer Solidarität, zu stehen. Inzwischen wähle ich Politiker, die ihre Haut damit retten wollen, daß sie den Staat abschaffen, oder die den Begriff Staat durch den Begriff Heimat ersetzen, und schon ist alles gratis – siehe Blocher.

Sollte es, endlich, so weit kommen – dann bitte ich darum, daß Waffenfabriken haftpflichtig werden für Schußverletzungen. Sie haben es unterlassen, den Bevölkerungen mitzuteilen, daß Waffen tödlich sind.

Ein unbeobachtetes Land

Deutsche Freunde fragen mich nach der Vergangenheitsbewältigung der Schweiz. Sie tun das zurückhaltend, vorsichtig, ohne Schadenfreude. Aber sie bringen mich in Verlegenheit. Ich neige dazu, ihnen zu sagen: »Vergangenheitsbewältigung? Keine!«
Der Nationalrat beschließt wieder einmal, die Europäische Sozialcharta nicht zu ratifizieren. Vor 20 Jahren hatte sie der Bundesrat unterschrieben – und ratifiziert wird sie nie, einfach nie. Dabei ist die Schweiz ausgesprochen geübt darin, Vertragswerke nicht allzu wörtlich zu nehmen. Man hätte das ja auch wieder so handhaben können, und dieselben Nationalräte, die die Sozialcharta wieder einmal ablehnten, haben kurz zuvor mit Enthusiasmus dafür gestimmt, der NATO Friedenssoldaten zur Verfügung zu stellen – ohne Bedenken. Könnte es sein, daß an diesen Friedenssoldaten zu verdienen ist, an ihrer Ausrüstung zum Beispiel, oder könnte es sein, daß sie unserer Armee, an der man ja auch verdienen kann, auf Ewigkeit ein Alibi geben?
Warum kämpfen Schweizer Politiker gegen eine Sozialcharta? Sicher nicht wegen ihres Inhalts, son-

dern ganz einfach nur deshalb, weil die Schweiz nicht beobachtet werden möchte. Wir sind ein unbeobachtetes Land und konnten 50 Jahre lang tun und lassen, was wir wollten – was uns nützte und mitunter anderen schadete. Das Ausland ging davon aus, daß wir anständig seien, und damit basta.

Vor Jahren wurde in einer Runde in Berlin über deutsche Attacken auf Asylanten und Asylantenheime diskutiert. Die deutschen Freunde waren sehr aufgebracht und entsetzt. Als ich dann sagte, daß es solches in der Schweiz auch gäbe, wurde das weggewischt mit der Bemerkung: »Ach was?«, als wollten sie sagen: »Wie niedlich!« Ich aber war orientiert über ihre Probleme, ihr Land war und ist ein beobachtetes Land – unser Land war unbeobachtet.

Das war auch die Angst der Schweizer Politiker – derselben, die für NATO-Soldaten sind –, in die UNO einzutreten: Wir könnten beobachtet werden, unsere Machenschaften könnten beobachtet werden. Das ist nun wirklich kein Vergangenheitsproblem, das ist unser Gegenwartsproblem, und unsere Gegenwart heißt seit 50 Jahren »Nachkriegszeit« – in ihr sind wir reich geworden, in ihr haben wir Gold gehortet, eigenes und fremdes, in ihr sind wir unbeobachtet geblieben als Land des »Friedens«.

Unsere ganze Politik besteht ausschließlich daraus, diese »Nachkriegszeit« auf ewig zu verlängern. Wir sind überzeugt, daß wir ohne sie nichts mehr wären. Aber UNO, EG, EWR, Sozialcharta sind das endliche Ende der Nachkriegszeit. Die Schweiz lebt in einer Zeit, die es nicht mehr gibt. Das ist ihr Problem. Die Sache mit unterschlagenen Fluchtgeldern, mit ergaunertem – legal ergaunertem – Gold hat mit Vergangenheitsbewältigung nichts zu tun. Es ist unsere Gegenwart, und die können und wollen wir nicht bewältigen.

Ich kannte einen Buchhändler in einer kleinen deutschen Stadt, einen erfolgreichen Buchhändler. Seine Buchhandlung gehörte vor dem Krieg einem Juden. Dieser mußte sie – ganz legal – jenem strammen Nationalsozialisten »verkaufen«, der Lust hatte, billig ein erfolgreicher Buchhändler zu werden. Er nahm also dann das Schild mit dem Namen des Juden herunter und hängte das Schild mit seinem Namen auf. Er soll auch dafür gesorgt haben, daß der Träger des ersten Namens möglichst schnell aus der Stadt verschwand. Nach dem Krieg wechselte er das Schild wieder, die Buchhandlung bekam wieder ihren alten Namen – den jetzt wieder guten Namen des Juden. Soweit die Vergangenheit. Die Gegenwart aber war, daß sich der Buchhändler von da an tagtäglich am Telefon mit dem Namen seines Opfers meldete: »Buchhandlung Soundso«, und er hielt das wohl für besonders anständig. Das Opfer war übrigens völlig legal zum Opfer geworden und der Buchhändler völlig legal zum Buchhändler – es gab entsprechende Gesetze.

Eine scheußliche Geschichte. Aber ihr zweiter Teil, die Unschuld der Gegenwart, erinnert mich auch – Entschuldigung – an die Schweiz.

Dieselben Nationalräte haben auch – und diesmal sogar überraschend einstimmig – beschlossen, daß nun das mit den Fluchtgeldern und dem Nazigold aufgeklärt und offengelegt werden soll. Sie sind zwar nicht selbst darauf gekommen, das tun sie nie. Sie haben es nur beschlossen, weil die Amerikaner beschlossen haben, uns zu beobachten. Aber die Nationalräte glauben wohl immer noch, daß hier eine Vergangenheit offengelegt werden soll, und das halten sie wohl für harmlos. Sie werden sich, davon bin ich überzeugt, noch ganz anders und bitter damit beschäftigen müssen – nämlich nicht mit der Vergangenheit, sondern mit der Gegenwart des »legalen« Betrugs. Denn die Nachkriegszeit und die Vergangenheit sind endlich vorbei. Wir sind endlich gegenwärtig – wir sind endlich beobachtet.

Sag es ihnen mal

»Sag es ihnen mal, aber so richtig – daß sie es verstehen«, sagt einer. Er selbst liest zwar nichts, keine Zeitung, kein Buch, aber er glaubt, wenn ich es ihnen sagen würde, nämlich schreiben – so daß sie es verstehen –, dann würde sich gleich alles ändern.
»Wem soll ich es sagen?« frage ich ihn, aber er weiß es nicht genau – einfach ihnen, einfach denen. Ich verzichte darauf, zu fragen, was ich ihnen sagen soll, denn das würde ihn zu sehr in Verlegenheit bringen. Einfach *es* soll ich ihnen sagen, so wie es ihm sein Vorgesetzter immer wieder gesagt hat, als er noch Arbeit hatte.
Er stellt sich vor, daß man nur etwas schreiben müßte – und dann wäre es so. Er, der nicht liest, hat das mit dem Schreiben auch so erfahren. Der Richter hatte einen Zettel geschrieben, und dann mußte er vor Gericht. Dann hat der Richter einen Zettel geschrieben, und dann mußte er eine Buße bezahlen. Und der Arbeitgeber hat einen Brief geschrieben – eingeschrieben –, und dann hatte er keine Arbeit mehr. Und dann kam ein beschriebener Zettel, und dann mußte er Steuern zahlen.
Ich sitze mit ein paar Leuten zusammen, die sich in

Umweltfragen engagieren. Sie möchten eine Veranstaltung aufziehen und sind am Organisieren. Und dann wird mir zum Schluß strahlend mitgeteilt: »Und dann machen wir damit ein Buch.« Ich sage ihnen, daß ein Buch teuer komme und daß sie mit ihrem Geld Gescheiteres machen könnten, daß es ein großer Erfolg wäre, wenn sie 500 oder 600 Stück absetzen könnten. Auch mein Einwand, daß es schon viele solche Bücher gäbe und daß wohl eine Mehrzahl jener, die überhaupt Bücher lesen, bereits auf ihrer Seite seien, nützte nichts. Denn ihr Buch – so meinen sie – sei ein ganz anderes: eines, wo es dann eben gesagt sei, alles gesagt sei. Ich habe sie übrigens im Verdacht, daß sie selbst keine Leser sind und deshalb wohl auch die Vorstellung haben von einem allerersten Buch.

Nach einer Lesung in Mainz meldet sich einer aus dem Publikum. Er beginnt zwar im Tonfall einer Frage, aber er will reden, nur reden: »Du bist doch Schweizer und ein Patriot, und diese Deutschen und Suhrkamp und Holtzbrinck und Bertelsmann ...« Ich hatte einen sehr unpatriotischen Text über die Schweiz vorgelesen. Ich wollte ihm antworten, aber er ließ sich nicht unterbrechen. Er sei Schweizer, sagt er nun und mischt ein paar Mundartwörter in seinen Redefluß, eher nachgeahmtes Schwäbisch oder Bayerisch als Schweizerdeutsch. Das Publikum wird unruhig. Und wie ein paar Leute lächeln, beschimpft er sie als Antisemiten, die immer noch Juden vergasen würden, wenn sie könnten, er sei Jude – Schweizer Jude. Und er drohte damit, jetzt den Saal zu verlassen, und er tat es.

Da applaudierten die Leute, und da tat er mir leid. Er hatte ja nichts anderes versucht, als es den Leuten zu sagen. Was? Einfach alles, und alles auf einmal. Ein belesener Mann offensichtlich, er zitiert und zitiert – und ein verzweifelter Mann, niemand versteht ihn. Und er hat doch gelesen, und er weiß es – ein Gerechter in einer ungerechten Welt. Einer, der stört. Ein Arroganter auch, der nicht fragt (arogare heißt »nicht fragen«) und der sich ausnimmt – nur er ist gerecht.

Sag *es* ihnen doch einmal – ohne zu wissen, was eigentlich und wem eigentlich –, ich höre diese Aufforderung nicht zum ersten Mal, und sie macht mir angst. Denn es gab genug Politiker, die es ihnen gesagt und hinterher als »Gerechte« die Welt zerstört haben.

Im übrigen weiß mein Bekannter, daß ich politisch wohl in wenigem seiner Meinung wäre. Das ist ihm Wurst – es geht nicht um Inhalte und Argumente, sondern nur darum, daß einer es ihnen so richtig sagt.

Und deshalb kommt man gegen Demagogen mit Argumenten nicht durch. Und weil die Argumente unwichtig sind, sind Demagogen erfolgreich. Er hat es ihnen gesagt, das ist alles. Und was er gesagt hat, wird hinterher niemand gehört haben wollen.

Hitler hat *es* »ihnen« einmal gesagt. Und das begeisterte die Leute, daß es einer ihnen gesagt hat. Hinterher wollte niemand davon gewußt haben, daß Juden vernichtet wurden, und davon wollte niemand gehört haben. Denn was er gesagt hat, war unwichtig – nur daß er *es* ihnen gesagt hat.

Die Zeiten für Demagogen werden wieder günstig. Der Probleme sind so viele, daß niemand mehr von ihnen hören will. Es soll nur einer kommen, der *es* »ihnen« sagt, der sie alle zusammenscheißt – so wie der Vorarbeiter das getan hat und tut.

Wohnen im Gewohnten

Vor vielen Jahren fragte ich einen Kellner in einem Restaurant in Norddeutschland, was für Rotwein sie hätten. Er schaute mich entsetzt an und antwortete kurz: »Rotwein ist Rotwein!« Der Wein, den er dann brachte, war etwas weniger trocken als seine Antwort, aber durchaus genießbar, und sein Satz blieb mir im Kopf hängen, ich fühlte mich von ihm irgendwie ertappt.

Nun mag ich es zwar, wenn ich zwischen zwei, drei Weinen auswählen kann, aber das Getränk, das ich inzwischen trinke, heißt nicht *Château de Soundso*, sondern es heißt Rotwein. Der eine mag ein bißchen besser sein, der andere ein bißchen schlechter – aber ich mag die Weine, die Rotwein heißen. Und wenn ich verschiedene Beizen besuche, dann sind die Weine verschieden genug und die Auswahl deshalb groß.

Jedenfalls war ich in Mainz, wo ich meine Zeit in diesem Jahr verbrachte, nicht auf der Suche nach einem guten Wein, sondern nach einer Beiz, in der ich mich wohl fühlen könnte. Schließlich waren es drei. In der einen war der Wein meist miserabel, die Gäste meist auch, aber der Wirt war freundlich. Er kaufte, wenn die eine Flasche leer war, beim Billiggeschäft um die Ecke eine andere, irgendeine – hie und da blieb ich sogar etwas länger sitzen, und hie und da trank ich den Wein sehr langsam und tapfer und bestellte ein Wasser dazu.

In meiner Lieblingskneipe aber war der Wein vorzüglich – einer der besten, die ich je getrunken habe, ein Wein aus der Gegend. Der Wirt hat mir zum Abschied zwei Flaschen geschenkt. Ich habe mir lange überlegt, ob ich sie nach Hause schleppen soll, und ich habe es schließlich doch getan, drei Kilo mehr in meinem schweren Koffer. Ich werde ihn dann mal versuchen, und ich bin sicher, daß er mir nicht schmecken wird. Nicht weil er den Transport nicht verträgt – so ein Blödsinn –, sondern weil es eben genau der Wein jener Kneipe war – eben Rotwein. Zu Hause ist er das nicht mehr. Zu Hause gibt es andere Beizen mit anderen Weinen.

Es gibt diesen Satz, der immer wieder so ausgesprochen wird, als hätte der Sprecher ihn eben erfunden: »Das Leben ist zu kurz, um schlechten Wein zu trinken.« Nun sind zwar fast alle Bonmots, in denen das Wort »Leben« erscheint, strohdumm – aber wenn ich diesen Satz höre, sehne ich mich wirklich in jene Kneipe zurück, wo es jenen »schlechten« Wein gibt. Und da möchte ich nur sitzen und nicht über Qualität und Vorzüge diskutieren müssen. (»Im Abgang einen leichten Hauch von Quitte und Himbeere« – so was Scheußliches! Wenn ich Rotwein trinke, dann möchte ich Rotwein und nicht Konfitüre. Ja richtig, Rotwein ist Rotwein.)

Man müßte etwas anderes gern haben als den guten Wein, nämlich das Leben selbst, dann wäre jeder Wein gut genug und das Leben lang genug, um schlechten zu trinken.

Nein, selbstverständlich meine ich etwas anderes. Ich kriege mehr und mehr Mühe mit dem Begriff Qualität. »Also nur etwas mehr Qualität, und schon sind wir wieder konkurrenzfähig!« »Wir haben die EU nicht nötig, wir werden den Markt erobern mit Qualität.« »Wir brauchen jetzt mehr qualifizierte Arbeitskräfte.«

In den Siebzigerjahren fiel den Sozialdemokraten – Willy Brandt – der Begriff Lebensqualität ein. Sie forderten mehr Lebensqualität. Das klang sehr gut, aber in Wirklichkeit meinte es nichts anderes, als daß jene, die den Wohlstand geschafft hatten, die Arbeiter, auch ein bißchen an ihm schnuppern sollten.

Das Wort Lebensqualität ist verschwunden. Leben an und für sich würde inzwischen wieder genügen. Aber leben haben wir in den letzten Jahrzehnten endgültig verlernt. Es gibt nur noch die Qualität, in der die einen leben, und das Nichts der anderen.

Leben ist Leben, hätte der Kellner in Norddeutschland auch sagen können, und Qualität – das ist der Rolls-Royce. Zugegeben, man kann mit ihm fahren. Zugegeben, man kann den *Château de Soundso* trinken, aber Leben ist etwas anderes.
Nein, ich meine nicht das »einfache Leben«, und ich habe Verständnis für Luxus als Schabernack. Ich meine nichts anderes als das Recht auf Leben, das von den Leistungs- und Qualitätsaposteln hämisch mit Füßen getreten wird.
Leben ist leben im Gewohnten, nur im Gewohnten kann man wohnen, und das Gewohnte ist das Gewöhnliche. Und es gibt immer noch keinen, der sich an seinen Rolls-Royce gewöhnt hätte. Sonst hätte er ihn gar nicht gekauft.
Ja richtig, Rotwein ist Rotwein.

Erzählen gegen den Tod

Zwei Feste – als wir Kinder waren – hatten mit Nacht zu tun, Weihnachten und der Erste August, eine Winternacht und eine Sommernacht. (Sankt Nikolaus war etwas anderes: Ich nahm es Tante Anni ein Leben lang übel, daß sie dem Sankt Nikolaus glich, und Sankt Nikolaus war ein dunkles Fest – es hatte nicht mit Licht zu tun.)

Sehrwahrscheinlich habe ich die Nachtfeste auch verwechselt und durcheinandergebracht. Sie hatten mit Licht zu tun und sie hatten mit Nacht zu tun, und die Nacht war etwas, das den Erwachsenen vorbehalten war. Der Wunsch, erwachsen zu werden, hatte auch damit zu tun, an der Nacht teilhaben zu können. Als es endlich soweit war, als die Nächte selbstverständlich wurden, war Weihnachten nicht mehr das, was es war und der Erste August schon gar nicht.

Weihnachten läßt sich zwar noch irgendwie herstellen, aber es läßt sich nicht mehr erleben als der kleine Schrecken, daß da irgend etwas vorgeht im verschlossenen Wohnzimmer. Eines Tages steht man auf der anderen Seite, auf der Seite der Macher, der Seite der »Betrüger«. Nein, nicht daß ich meinen Vater für einen Betrüger hielt, ich wußte schon längst, daß er der kleine Schrecken im verschlossenen Wohnzimmer war. Erst als ich die Seite wechselte – ich zögerte es so lange hinaus, wie ich bei meinen Eltern wohnte, also bis zwanzig –, kam ich mir als Verräter vor, als einer, der den Glauben aufgegeben hatte.

Immerhin, Weihnachten läßt sich noch einigermaßen – als Erinnerung – herstellen, der Erste August nicht mehr. Das Durcheinanderbringen der beiden Feste hat Gründe, und irgendwie war der Erste August fast das frömmere Fest: Ein Licht durch die Nacht tragen, ein rotes Licht mit einem weißen Schweizerkreuz – es war Krieg in Europa, und davon wußten wir, und wir trugen die Schweiz durch die Nacht, als wäre sie ein Licht für Europa.

Nein, mein Vater war kein Betrüger, als er den Weihnachtsbaum schmückte, und er war kein Betrüger, als er mir erzählte vom Krieg und den verfolgten Juden und vom roten Kreuz und von der Schweiz. Und ein richtiges Lampion war rot und hatte ein weißes Kreuz – daran hatte ich geglaubt, damals in der Nacht, an eine Schweiz wie an das Christkind. Aus, Ende!

Eine andere Nacht, »Geschichten aus Tausendundeiner Nacht«, ist mir geblieben. Da gibt es wunderschöne Geschichten, inzwischen tausendjährige – sie sind es geworden, tausend Jahre, und nicht das Reich, an das auch Schweizer geglaubt

hatten –, und da gibt es unscheinbare Geschichten, Geschichten, die fast keine sind, die nur irgendwas Erzähltes sind, sie gefallen mir am besten.
Scheherezade hat sie ihrem Verlobten erzählt, dem König von Samarkand. Und sie hat so lange erzählt, tausendundeine Nacht, bis er den Vorsatz, sie hinrichten zu lassen, aufgab. Mir stockt der Atem, wenn ich diese Geschichten lese. Auch hier habe ich beim Lesen, beim »Zuhören«, die Nacht im Kopf. Und die Geschichten sind auch so etwas wie ein Licht in der Nacht.
Sie sind nicht nur ein Licht des Glaubens, sondern ein Licht gegen die Verzweiflung. Scheherezade erzählt verzweifelt. Solange sie erzählt, lebt sie. Und es fällt ihr so wenig ein, wie uns allen einfällt – nur erzählen, für immer erzählen. Die Geschichten, die eigentlich keine sind, das sind die eigentlichen Geschichten der Scheherezade – erzählen, damit erzählt wird.
Damals, als ich ein Lampion durch die Nacht trug – es war Krieg in Europa, und ich war noch keine zehn –, da gab es auch ein Plakat, das mich beeindruckte: der Schattenriß eines Mannes mit Hut, er hatte den Finger auf die Lippen gepreßt, und darunter der Schriftzug: »Wer nicht schweigt, schadet der Heimat!« Ich wußte, was das bedeutete, mein Vater hatte es mir erklärt – Landesverrat, der

Verrat an meinem leuchtenden Lampion. Und wir haben geschwiegen.
Sicher, die Situation der Schweiz – eine Insel mitten im Krieg – war eine fast verzweifelte. Und unser Mittel gegen die Verzweiflung war das Schweigen. Das hatte seinen Sinn und schien sinnvoll.
Scheherezade aber hatte verzweifelt erzählt – gegen den Tod erzählt.
Ein anderes Plakat hat nach dem Krieg gefehlt. Man hatte es vergessen: »Wer jetzt nicht erzählt, wer jetzt nicht redet, schadet der Heimat.« Und wir haben geschwiegen. Und die, die versucht haben, zu erzählen – Alfred A. Häsler: »Das Boot ist voll« –, galten als Störenfriede.
Nun werden wir – 50 Jahre später – vom Ausland gezwungen, doch noch zu erzählen, und wir versprechen hoch und heilig, es zu tun. Ob wir das noch können nach so langem Schweigen?
Gestern habe ich einen guten alten Freund getroffen, den ich schon jahrelang nicht mehr gesehen habe. Wir haben uns beide gefreut. Aber wir hatten uns nichts zu erzählen. Wer sich so lange nichts erzählt hat, kann nicht einfach so mit Erzählen beginnen. Wir haben uns auseinandergeschwiegen.

Probleme, Probleme

Etwas vom Gemeinsten, was ich in letzter Zeit gehört habe, war die Verlautbarung des Pressesprechers des Bischofs von Chur, der auf die Besorgtheit der Kantone über die Zustände im Bistum erklärte: »Haben die Kantone keine anderen Probleme?«
Das ist überheblich und zynisch, und es ist nichts anderes als eine Verachtung der Probleme, ein Lächerlichmachen von allem. Die Aussage ist nicht nur eine Gemeinheit, sie ist auch nicht nur eine Dummheit, sondern sie ist Dummheit schlechthin (ohne Artikel), so wie das Anmaßen eines Doktortitels nicht *eine* Dummheit war, sondern Dummheit.
Denn die Antwort auf die dummdreiste Frage des Pressesprechers ist einfach: »Ja, die Kantone haben Probleme, viele Probleme und fast nur Probleme. Und die Welt hat Probleme, dieselben wie die Kantone und noch mehr!«
Nur das Bistum hat wohl keine, weil es offensichtlich nicht von dieser Welt ist – wenn auch die Karriere von Bischof Haas von dieser Welt ist. Doktortitel zum mindesten sind weltlich, und die Karriere von Bischof Haas ist diesseitig, und er

wird sie auch diesseitig genießen, diesseitig verteidigen und diesseitig an ihr leiden; denn einen Fehler möchte ich hier nicht machen, nämlich den Fehler, daß ich nun sage: »Ihre Probleme möchte ich haben«, und damit die Dummheit des Pressesprechers zurückgebe.

»Deine Probleme möchte ich haben«, das ist ausnahmslos und immer ein bösartiger Satz. Wer weiß schon davon, ob der Weinkrampf eines zweijährigen Kindes ein kleineres Problem ist als für seinen Vater der Betreibungsbeamte, ob der Liebeskummer eines Sechzehnjährigen ein kleineres Problem ist als ein komplizierter Beinbruch?

Oder, um es noch an einem Beispiel zu demonstrieren: Ein Polizist verpaßt einem Autofahrer eine Parkbuße, und der Autofahrer sagt: »Haben Sie keine anderen Probleme?« Selbstverständlich hat der Polizist andere Probleme – er hat vielleicht einen Sohn, der nicht gut tut, er hat eine Frau, die krank ist, er hat für sich selbst einen schlechten Bericht von seinem Arzt, er hat einen Vorgesetzten, mit dem er sich nicht versteht, und Ärger mit dem Präsidenten des Schützenvereins. Gemessen daran ist das Verteilen von Parkbußen wirklich eine kleine Sache, aber ...

Oder ich würde in einem Laden auf einen Mangel der gekauften Ware aufmerksam machen, und der Verkäufer würde sagen: »Haben Sie keine an-

deren Probleme?« Dann wäre das ein gemeiner und schlechter Verkäufer, auch wenn er recht hätte – ich habe wirklich andere und größere Probleme. Nur habe ich eine solche Verkäuferin, einen solchen Verkäufer noch nie getroffen.
Der Pressesprecher von Bischof Haas ist ein solcher Verkäufer. Ob der Pressesprecher und sein Bischof deshalb weltfremd sind? Ich glaube nicht, denn Karriere ist etwas Weltliches, und die Karriere des Bischofs, der falsche Doktor gehört durchaus zur Karriere, ist wohl doch gründlich mißlungen – für immer. Das müßte er ja nun wohl in Demut einsehen, aber Demut ist eine Eigenschaft von einfachen Menschen und nicht von Karrieristen.
Von was schreibe ich da? Nein, nicht vom Bischof und seinem Bistum, nur von einem Satz, der zynisch, dumm und herabwürdigend ist. »Haben die Kantone keine anderen Probleme.« Doch, Herr Bischof, wir haben andere Probleme, wir alle – die Zweijährige und die Achtzigjährige, der Arbeitslose und der Spekulant, der Mörder und die Heilige und die Kantone auch –, für Sie aber ist das nur ein Anlaß zu Zynismus, ein Anlaß, Ihre Karriere verzweifelt zu verteidigen.
Da lobe ich mir jenen, den ich kürzlich getroffen habe und der – als von den Holocaust-Geldern gesprochen wurde – ganz still und leise, was sonst nicht seine Art ist, gesagt hat: »Leider, leider sind

meine eigenen Probleme nicht politischer Natur.« Das hat mich beeindruckt, und ich zweifelte kurz an meinem politischen Engagement, denn ich weiß ein bißchen von seinen Problemen – ja, er hat welche.

Ja, Herr Bischof, er hat andere Probleme. Beruhigt Sie das?

Die Ordnungskräfte

Meine Eltern waren ordentliche Leute, die Mutter eine perfekte Hausfrau, der Vater ein exakter Handwerker, und sie waren gute Eltern, ich hatte es gut mit ihnen. Mag sein, daß Ordnung auch für sie nichts anderes war als bürgerliche Wohlanständigkeit, mir selbst erschien es nie so – Ordnung war ihnen selbstverständlich, machte ihnen keine Mühe, sie war einfach da, die Ordnung, sie mußte nicht hergestellt werden. Die Ordnung war dasselbe wie meine Eltern, meine Eltern waren ordentlich.

Ich aber habe mich ein Leben lang damit gequält, Ordnung herzustellen, und meine Eltern beobachteten meine verzweifelten Versuche mit Entsetzen. Ich wollte, weil ich so sein wollte wie sie, auch ordentlich sein, und ich war ein lieber Bub und ein folgsamer und ein lernbegieriger, und die Ordnung, die mir meine Eltern sanft und durch Vorbild beibringen wollten, leuchtete mir ein, war für mich erstrebenswert – nur gelang sie mir zu unser allem Entsetzen nie.

Die notwendigen Ordnungen halte ich zwar ein: Ich fahre rechts auf der Straße, beachte die Verkehrsregeln, bezahle die Steuern, und ich interes-

siere mich für die Regelung der Ordnung – für die Politik.
Wohl niemand außer mir hat in seinem Leben so viele Sammelmappen, Ordnungssysteme, Hängeregistraturen, Karteikästen, Koffer, Taschen und Kisten gekauft wie ich, immer in der Hoffnung, daß das Gerät die Ordnung herstellen würde – es tat es nie, und ich werde weiterhin durch die Schreibwarengeschäfte schleichen.
Aber immerhin, es gibt eine Ordnung um mich herum. Ich bin zwar nicht ordentlich, aber ich kann mich auf Ordnung verlassen: Es gibt einen Staat und eine Polizei und eine Bank, und es gibt Gesetze.
Nun höre und lese ich, daß in einem Land – in Albanien – die Ordnungskräfte die Kontrolle verloren haben. Es gibt keine Ordnung mehr in diesem Land, und ich erinnere mich an die drastischen Schilderungen meines Primarschullehrers im Geschichtsunterricht: 1308, Albrecht von Habsburg war ermordet worden und die Ordnung zusammengebrochen, es herrschte Faustrecht – wir Schüler kriegten Gänsehaut bei der blutig-farbigen Schilderung unseres Lehrers, und ich erinnere mich noch genau an die Faust, die der Lehrer an die Wandtafel zeichnete und die wir schauernd in unser Heft übertragen mußten. Ich glaubte damals – und nicht nur zu Unrecht – meinem Lehrer jedes

Wort, und ich stellte mir Faustrecht schrecklich vor – kein Recht, kein Richter, keine schützende Polizei –, und trotzdem hatte ich meine Zweifel. Denn vorher hatte uns der Lehrer von 1291 erzählt, als die Eidgenossen eine andere Ordnung wollten, ihre eigene Ordnung wollten, ihr eigenes Recht, ihre eigenen Richter – und nun sollte der Zusammenbruch der fremden Ordnung eine Gefahr sein?
Die Ordnungsmächte haben die Kontrolle verloren? Die Kontrolle über welche Ordnung? Halt einfach über die Ordnung schlechthin. Denn Ordnung muß sein. Und die Ordnung kann nur mit der Ordnung umgehen – die amerikanische Ordnung mit der chinesischen Ordnung, die schweizerische Ordnung mit der türkischen Ordnung, die persische mit der palästinensischen.
Ordnung ist dann, wenn die Bürger – aus was für Gründen auch immer – nicht im Weg herumstehen, nicht auf den Geleisen sitzen, nicht verzweifeln. Ordnung ist dann, wenn die Händler einen Ansprechpartner haben – einen Präsidenten, der an der Macht ist. (Die Frage nach der Qualität von Jelzin ist nur und ausschließlich die Frage danach, ob er noch die Macht hat. Wofür er seine Macht einsetzt, ist irrelevant. Der Händler will nur wissen, ob ihm, dem Präsidenten, dieses Land gehört – mehr hat er nicht zu tun und zu wollen. Denn

wenn seine Macht zusammenbrechen sollte, werden die Ordnungsmächte die Kontrolle verloren haben. Die Kontrolle wofür und worüber?)
In Albanien ist die Ordnung zusammengebrochen. Warum macht uns das angst? Vielleicht auch deshalb, weil jeder Zusammenbruch einer Ordnung die Frage stellt, ob Ordnung einen Sinn zu haben hat oder ob es eine Ordnung an und für sich gibt – eine Ordnung, die nur der Ordnung zuliebe eine Ordnung ist. Meinen Eltern war diese Ordnung selbstverständlich, ich bewunderte sie dafür – mir aber ist diese Selbstverständlichkeit nie gelungen. Ich hatte immer Mühe, Ordnung zu halten. Ich schleiche ein Leben lang durch Schreibwarengeschäfte und suche Ordnungssysteme. Ich habe die Bücher der politischen Theoretiker gelesen, die Ordnungssysteme vorschlagen. Ich hatte mich als unordentlicher Mensch ein Leben lang mit Ordnung auseinanderzusetzen. Menschen, denen Ordnung – Ordnung an und für sich – selbstverständlich ist, sind mir, trotz meiner guten Eltern, unheimlich – weil für viele dann Ordnung ist, wenn irgendeine Ordnung ist, wenn das Geschäft »in Ordnung« möglich ist, was für ein Geschäft auch immer.

Wer sind Sie wirklich?

Also angenommen, Sie wären ganz Sie selber, nur Sie selber, kein Bauarbeiter bei der Firma Soundso, keine Mutter, die sich Sorgen macht um ihren gefährdeten Sohn, keine Verkäuferin in einem Gemüseladen, von der die Leute wissen, daß sie freundlich ist, kein Arbeitsloser, der versuchen muß, einen guten Eindruck zu machen – also angenommen, Sie wären ganz Sie selber, wer wären Sie dann?

Sind Sie wirklich die Person in Ihrem Fotoalbum, von der alle sagen: »Typisch Rosa, typisch Albert.«

Angenommen, morgen ruft die Schweizer Illustrierte an und will bei Ihnen zu Hause eine Home Story machen, wissen Sie nicht zum voraus, daß Sie das nicht sein werden?

Die Home Story, die Geschichte des Menschen an und für sich, befriedigt die berechtigte Neugierde der Leute – der Bundesrat, der eigentlich ein Rosenzüchter ist, der General, der eigentlich ..., und die Skifahrerin, die eigentlich ..., und der Schwingerkönig auf seiner geliebten Honda und der Manager, der Abend für Abend auf seinem Sofa neben seiner Frau sitzt, auf der linken Lehne der Sohn und auf der rechten Lehne das Töchterchen.

Doch, doch – die Neugierde ist berechtigt: Wie reden die Leute, die Rücksicht nehmen müssen, diplomatisch sein müssen, vorsichtig sein müssen – wie reden die, wenn sie ganz sie selber sind und so reden, wie sie reden?
Nein, ich habe nichts gegen Home Stories, hie und da schimmert etwas durch – und das, was durchschimmert, ist wohl die Erinnerung an mich selbst: Wer bin ich wirklich, wer sind Sie wirklich, wenn Sie Sie selber wären?
In Japan haben Computerleute einen künstlichen Menschen konstruiert, eine Frau, die total ein Mensch ist, die aber nur auf dem Bildschirm existiert. Sie kann alles, man kann aus ihr eine Sängerin machen, man wird mit ihr Filme drehen können, man wird sie auch aufs Sofa neben ihre Familie setzen können. Man wird ihr Geschichten und Kleider erfinden und Abenteuer – ein Milliardenprojekt –, und man wird sie vermarkten, und wir werden sie und ihre Brüder und Schwestern kennenlernen – nämlich dort, wo unsere Welt schon längst stattfindet: auf dem Bildschirm.
Mich erinnert das an Literatur: Conan Doyle ließ seinen »künstlichen« Menschen Sherlock Holmes in die Gießbachfälle stürzen und sterben, weil er genug von ihm hatte, und Leser in der ganzen Welt protestierten gegen seinen Tod. Er mußte ihn auferstehen lassen. Mary Shelley, die Frau des großen

englischen Lyrikers, erfand 1818 einen Menschen, Frankenstein, der einen künstlichen Menschen erfand. Inzwischen hat der künstliche Mensch den Namen »Frankenstein« selbst angenommen und ist nicht umzubringen, und die Dinosaurier waren noch nie so real wie heute, so sehr haben sie noch nie gelebt, wie sie heute auf Leinwand und Bildschirm leben, noch nie zuvor waren sie im Bewußtsein so vieler Menschen – berühmter als Jesus, wie John Lennon traurig und zynisch und zu Recht von sich selbst gesagt hat.

Also zurück zu den elektronisch künstlichen Menschen aus Japan, die nur auf dem Bildschirm und auf Bildern existieren, wie die wirklichen Sängerinnen und Sportler, Schriftsteller und Verbrecher, Politikerinnen und Philosophinnen auch, die für uns auch nur auf dem Bildschirm existieren. Ich stelle mir vor, nur als Beispiel: Die argentinischen Elektroniker und die deutschen, die amerikanischen, australischen, japanischen und schweizerischen Elektroniker stellen Bildschirmmenschen her, trainieren sie – wie man richtige Mädchen trainiert, z. B. 14 Jahre lang – als Tennisspielerinnen, als Fußballer, als Eisprinzessinnen, geben ihnen ein Gesicht, eine typische Stimme, einen typischen Gang und ein Outfit. Dann läßt man sie gegeneinander antreten, an genau demselben Ort, wo die »richtigen« Menschen gegeneinander antreten, auf

dem Bildschirm – und sie sind die besten und die saubersten und die cleversten und selbstverständlich sympathisch wie Sherlock Holmes und die Dinos. Und die künstlichen Menschen hätten Namen, und wir würden die Namen kennen wie die Namen von Chapuisat und Navratilova, und der eine hätte einen Schnurrbart und wäre etwas böse und würde sich dauernd beschweren beim Schiedsrichter, der auch hergestellt wäre in Argentinien oder Australien, und XY aus Österreich wäre ein Sandplatzspezialist, und alle und alles wäre hergestellt, nur hergestellt für den Bildschirm – für jenen Bildschirm, auf dem wir das richtige Leben wahrzunehmen glauben – dann …
Dann – ja was dann? Dann wäre wohl alles so, wie es heute bereits ist. Was man heute macht und herstellt mit Menschen und Geld, das kann man auch mit Kunstmenschen machen und herstellen – und auch wenn es sich um wirkliche Menschen handeln sollte, wir sehen nur die Kopie – und die Kopie der Kopie der Kopie.
Und die Wirklichkeit ist ohnehin etwas anderes. Wer sind Sie wirklich?

Bern, 8. Juni 2027

In den Zeitungen lese ich schon am Montag, daß das Spiel, das ich so spannend fand, eigentlich kein Spiel mit besonderen fußballerischen Höhepunkten war. Ich suche in der Zeitung auch die Bestätigung meines Ärgers über den Schiedsrichter, ich finde sie nirgends, ich muß mich getäuscht haben; ganz abgesehen davon, daß mein Ärger, jetzt am Montag, auch keiner mehr ist, und mein Interesse daran, wer der Sieger gewesen sein wird (grammatikalisch kompliziert), ist verblaßt.
Es ist jetzt schon eine Woche her. Erinnern Sie sich noch? Denn der Reporter hatte in seiner Begeisterung gesagt, daß dies ein Cupfinal sei, von dem man noch in zwanzig, dreißig Jahren sprechen werde. Sprechen Sie noch davon? Es ist erst eine Woche her. Schön wär's, wenn der Reporter recht hätte. Wenn es Ereignisse gäbe – bedeutende und vor allem auch unbedeutende –, von denen noch in dreißig Jahren erzählt würde. Aber das Erzählen ist längst eingeholt worden von der Aktualität, man erzählt nicht mehr, Aktualität und Erzählung sind identisch geworden – das nächste Jahrhundertereignis wird morgen stattfinden und das übernächste übermorgen.

Oder wollen wir uns gemütlich zusammensetzen in zwanzig Jahren – ich mit 82 – und uns gegenseitig gemütlich den Cupfinal 1997 erzählen? Wollen wir uns am 8. Juni 2017 in Bern treffen und das Jubiläum dieses unvergeßlichen Cupfinals feiern? Nein, das wollen wir nicht und werden wir nicht. Eigentlich schade – ich selbst mag Fußball nur aus dem einen Grund, daß man ihn erzählen kann, ich mag die Stunden nach dem Spiel in der Beiz des Stadions in Solothurn.

Das mag er gemeint haben, der Beni Thurnheer, als er sagte, daß man von diesem Final noch in dreißig Jahren sprechen werde, denn er selbst ist ein leidenschaftlicher Erzähler, und ich mag seine Aktualitätserzählungen – lieber solche als gar keine.

Vielleicht meinte er aber auch etwas ganz anderes – nämlich das »Wir waren dabei«. Dabeisein, wenn etwas Einmaliges oder Erstmaliges passiert. »Wir waren dabei, als zum ersten Mal ein Cup durch Elfmeterschießen entschieden wurde.« Und die Erzählungen von alten Leuten klingen denn auch so – sie hatten sich schon damals, als es so kalt war oben am Gotthard, entschieden, es zu erzählen. Sie wußten schon 1947 – ein heißer Sommer –, daß sie einen heißen Sommer erlebten, von dem man später jenen, die ihn nicht erlebten, erzählen konnte. Sie wußten schon am Tage des Untergangs

der Titanic, daß sie am Tage des Untergangs der Titanic lebten.
Also: Ich war dabei, als ich dem General Guisan die Hand gab. Ich war dabei – am Fernsehen –, als Ungarn gegen Deutschland den Final verlor, ich war dabei, als der Feldwebel ..., ich war dabei, als der Hauptmann ..., und 1947, ein heißer Sommer, war ich in Huttwil in den Ferien. Das Thermometer bei der Apotheke platzte. Man wird noch in fünfzig Jahren davon reden, jetzt wär's soweit – aber lassen wir das!
Ein Ereignis habe ich aber für immer verpaßt. Ich war nicht dabei, und ich werde nie dabeigewesen sein: Als ich ein Kind war in Olten, erzählten die alten Leute, sie hätten es noch erlebt, wie die Aare zufror, wie man mit Fuhrwerken auf ihr hin und her fahren konnte – und sie erzählten es uns vorwurfsvoll. Wir waren zu jung, um es erlebt haben zu können, das war der Vorwurf. Und ich verbrachte damals im Winter Stunden und Tage damit, die Aare zu beobachten. Ich wünschte mir, daß sie zufriert – nicht eigentlich, um es zu erleben, sondern um es später erzählen zu können, den Jüngeren, die es eben nicht erlebt hätten. Ich erinnere mich noch heute daran, auch an heißen Sommertagen, wenn ich in Olten über die Brücke gehe.
Nun wäre es ja möglich, daß sie in den nächsten

zehn Jahren noch zufriert, daß ich das also noch erlebe. Nur werde ich es dann nicht mehr erzählen können in dreißig Jahren – und ich wollte es ja damals nur erleben, um es später erzählen zu können – eben all jenen, die zu jung sein werden, um es erlebt haben zu können. Jetzt bin ich am Zufrieren der Aare nicht mehr interessiert – es würde mir nicht mehr zur Erinnerung werden, ich würde es nicht in dreißig Jahren erzählen können.

Ob uns der Cupfinal zur Erinnerung wird? Schön wäre es, denn nur was erzählbar ist, hat stattgefunden – der Erzähler Thurnheer weiß das. Also, wir treffen uns – wir alle – am 8. Juni 2027 in Bern und gedenken des Cupfinals, von dem man dann – in dreißig Jahren – noch sprechen wird. Schön wär's.

Namen, Namen, Namen

Ich kenne ihn kaum, und wir treffen uns selten und zufällig, aber wir duzen uns. Ich treffe ihn gern, er ist ein stiller, bedächtiger Mann. Aber jedesmal, wenn ich ihn sehe, hat er ein wenig ein schlechtes Gewissen. Er hat einmal in einer Diskussion, es ging um Drogenabhängige, den Namen Hitler erwähnt, und ich habe ihn gefragt: »Dafür also, für diese ›Ordnung‹, würdest du Millionen von unschuldigen Toten in Kauf nehmen?« Und zu meiner Überraschung entschuldigte er sich augenblicklich – er konnte es selbst nicht fassen, daß ihm der Name Hitler eingefallen war.
Ich glaubte ihm sein Entsetzen über sich selbst sofort – glaubte ihm, daß ihm nicht eine Sache, nicht die grauenhafte Weltgeschichte eingefallen war –, sondern nur ein Name, ein Name wie Hugo Koblet, Ferdy Kübler, wie Napoleon oder Marlboro, wie Hingis oder Novartis.
Zwei Sekunden mindestens dauert es täglich, bis mir der Name unserer lieben Nachbarin wieder – und immer wieder – einfällt. Dabei ist unser Gedächtnis voller Namen, und ich möchte gern wissen, wie viele Namen denn nun in meinem Hirn sind. Sind es Hunderte, Tausende, Zehn- oder

Hunderttausende? Und welche davon fallen mir spontan ein?
Immer noch, und für gar nichts, kenne ich die Namen der Offiziere meines Vaters im Aktivdienst. Er muß sie so ausgesprochen haben, daß sie sich in mein Hirn eingebrannt haben: Hauptmann Nievergeld ... Und kürzlich hat mir ein Freund eine Diskette geschenkt mit Statistiken über die Tour de France, den Giro und die Tour de Suisse: Seppli Wagner, Weilenmann, Bartali, Rolf Graf – ja, die Namen sind noch drin in meinem Kopf, und eigentlich erinnern sie mich nicht an jene Fahrer, sondern an mich selbst. Damals war ich zwölf – ich sehe mich an der Straße stehen und die Tour de Suisse erwarten.
Aber ich stelle auch fest, zu meinem Ärger, daß da auch noch ein Stück Verehrung mitspielt. Verehrung wofür? Wohl dafür, und nur dafür, daß ich schon war, als sie waren. Meine Biografie hängt an Namen, an unnötigen Namen. Ich hatte mit Bartali etwas zu tun, »er war ein netter Kerl«. Aber woher soll ich das wissen?
Fast täglich passiert es mir, daß mich jemand auf Willi Ritschard anspricht – nein, das war kein Radrennfahrer –, aber ich höre auch nicht mehr, als daß das eben noch einer war, daß es keinen solchen mehr gäbe, und vor allem: »Ich habe ihn gekannt, ich habe ihn einmal gesehen.« So wie ich

einmal in Olten Gino Bartali habe vorbeifahren sehen. Ich ärgere mich wirklich jedesmal, denn eigentlich würde ich ein Gespräch über politische Inhalte erwarten, aber es bleibt ein Gespräch über einen Namen, und wenn es noch schlimmer wird, dann heißt das, er – Ritschard – wäre auch gegen den EWR gewesen, er wäre auch gegen die Asylanten gewesen, er wäre auch gegen Bodenmann und gegen die Koch.

Ich kenne einen, der ist im Winter – und zwar laut – für den SCB (die fahren Schlittschuh) und im Sommer – noch lauter – für Schumacher. Da kann er sehr, sehr böse werden, wenn ihm einer widerspricht: Der Schumacher wird es schaffen, der wird es schaffen. Und wenn ihm auch alle zustimmen, er bleibt laut: Dem macht keiner etwas vor, der schafft es, und alle anderen sind nur Torenbuben. (Dieser Schumacher ist zwar leider auch in meinem Kopf – aber ich würde einen anderen Schumacher kennen, den Gründer der neuen SPD und wohl auch den wichtigsten Mann bei der Gründung der Bundesrepublik nach dem Krieg. Aber das war ein Mann mit Inhalten, und das war ein Pragmatiker und einer, der wußte, daß es im Leben um mehr geht als nur um Sieg und Niederlage. Einer, der wußte, daß es keine Besten gibt und auch keine Schlechtesten, einer, dem es nicht darum ging, »es zu schaffen«, sondern etwas zu schaffen – etwas, worin Menschen in den letzten fünfzig Jahren in Frieden leben konnten.) Aber Schumacher wird es schaffen, ihr Vollidioten werdet erleben, daß er es schafft, ihr werdet noch an mich denken!

Schumacher, Herbert, Villeneuve, Frentzen – Namen, Namen, Namen. Sagt Ihnen der Name Adolf Muschg etwas? Ah ja, ist das der, der gegen den Blocher? Nein, Muschg ist ein Mann mit Inhalten, einer, dem es um mehr geht als nur um recht haben und siegen, aber die meisten von uns kennen nur seinen Namen. Willi Ritschard war auch ein Mann mit Inhalten, und er ist jetzt auch nur noch ein Name. Namen wie irgendwelche Namen – man ist dafür oder dagegen wie für Schumacher oder Villeneuve.

Also kann man es ja gleich – Namen, Namen – beim Namen lassen: Glauben Sie, daß Camenzind es schaffen wird? Glauben Sie, daß Bjarne Riis es schaffen wird?

Glauben Sie, daß Christoph Blocher es schafft? Was?

Der Mythos vom Mythos

Die Königin Bertha muß eine gute und gütige Frau gewesen sein. So hat sich das in meinen Kopf eingeprägt. Meine Mutter erzählte mir von ihr, immer wieder. Wenn ich mich richtig erinnere, saß sie zu Pferd und hatte einen Spinnrocken in der Hand. Sie hatte ein Herz für die armen Leute und brachte den Frauen das Stricken bei. Warum und bei welchen Gelegenheiten meine Mutter mir das erzählte, das weiß ich nicht mehr, und irgendwie ist es auch eine eigenartige Vorstellung, daß sich da jemand hinsetzt und sagt: »Also, die Königin Bertha ...«

Aber eines weiß ich noch: Ich war ganz sicher, daß meine Mutter diese Königin Bertha persönlich gekannt hat, und es hätte mich nicht verwundert, wenn sie uns einmal besucht hätte. Ich war schon einiges älter, als ich entdeckte, daß diese Bertha im 9. Jahrhundert gelebt hat, aber trotzdem, ich brachte es nicht aus meinem Kopf, daß meine Mutter – daß wir etwas mit ihr zu tun haben. Sie ist nun mal in meinem Kopf, wenn wohl auch nur als Name.

Heute weiß ich, weshalb ich glaubte, meine Mutter sei mit ihr befreundet gewesen. Sie hat es erzählt – lang und ausführlich und mit Ausschmükkungen. Sie, die Erzählerin, war mit drin in dieser Geschichte. Die Stimme meiner Mutter, die Phantasie meiner Mutter, wurde für mich zu einem Teil jener Königin Bertha. Und mit Geschichte im Sinne von Historik hatte das nichts zu tun. Viel mehr mit Mythos – sie war nun mal eine Gute, diese Bertha, und sie hatte es auch zu sein.

Aber meine Eltern haben mir auch andere Geschichten erzählt. Jene, die alle erzählt bekamen. »Hänsel und Gretel«, »Schneewittchen« und »Dornröschen«, dann den Untergang der Titanic und die Internierung der Bourbakiarmee, vom Rütli, vom Tell und vom Winkelried – und alle und alles haben ein bißchen gelebt wie Königin Bertha, waren irgendwie gegenwärtig. »Und wenn sie nicht gestorben sind, dann leben sie heute noch«, enden die Märchen. Wir haben es fast noch persönlich gekannt, das »Schneewittchen«, und unsere Eltern sind fast noch mit ihm zur Schule gegangen. Und es gab so etwas wie ein gemeinsames Wissen – Schneewittchen und Winkelried kannten alle, und alle hatten Mütter und Väter, die fast noch dabei waren.

Inzwischen, so scheint mir, sind sie weg, die Mythen. Wie viele Schweizer könnten wohl noch jenen bezeichnen, der in der Schlacht von Sempach ...? Oder wie hieß jener, der das Rote Kreuz ...? Und

die einzigen Mythen, die eigenartigerweise Bestand haben, sind Marilyn Monroe und die Titanic.
Vor ein paar Jahren noch hieß es: Wenn drei Schweizer Männer zusammenkommen, erzählen sie vom Militärdienst. Das war auch so, und es hat mich genervt, und ich versuchte das Thema zu vermeiden, und es gelang mir nicht immer. Inzwischen ist es weg, und ich vermisse es fast. Es wird nicht mehr erzählt. Die Geschichten beginnen nicht mehr mit »Es war einmal …« oder mit »Damals, als wir …« Sie sind ersetzt worden durch Aktualität, durch tägliche Sensationen: Die Titanic geht inzwischen alle zehn Minuten irgendwo unter. Die Geschichte heißt jetzt nicht mehr Nationalsozialismus und Judenvernichtung, sie heißt jetzt nur noch D'Amato und Bronsman und Blocher.
Und trotzdem wird wieder vom Mythos Schweiz gesprochen, der überprüft und relativiert werden müsse, wird davon gesprochen, daß die Schweizer immer noch an ihrem Mythos hängen würden.
Das glaube ich nicht. Unsere Überheblichkeit, unsere Überzeugung, die Besten und die Einzigen zu sein, hat keine historischen Wurzeln. Das ist ein Phänomen unserer Gegenwart, und Historiker werden daran nichts ändern.
Ich begrüße es sehr, daß eine Historikerkommission unsere Geschichte aufarbeitet – das hätte schon längst geschehen sollen –, aber ich fürchte,

auch mit einer neuen und ehrlicheren Geschichte werden wir die gleichen Schweizer bleiben. Denn die alte, die mythisch verbrämte Geschichte kennt ja auch kaum jemand mehr – und erzählt wird sie nicht, weder von Vätern noch von Müttern.

Wir machen es uns viel zu leicht, wenn wir glauben, es seien die Mythen, die die Schweizer daran hinderten, solidarisch und human zu sein, weltoffener zu denken. Das Gegenteil ist wahr, der Mythos – auch der alte – würde uns dazu verpflichten.

Ich fürchte, die Historikerkommission ist eine falsche Hoffnung. Ihr Ergebnis wird weder die Schweiz noch die Schweizer verändern. Und wie es auch aussehen wird, das Ergebnis, es wird im Fernsehen zur gewöhnlichen alltäglichen Sensation werden, zum gewohnten alltäglichen Untergang der Titanic oder zum alltäglichen Sieg der Hingis. Man wird dafür und dagegen sein, und alles wird gleich bleiben.

Die Diskussion über schweizerische Mythen, fürchte ich, könnte zum Ablenkungsmanöver werden. Denn nicht unsere Geschichte ist gefordert, sondern wir selbst.

Tagebücher des Staunens

Es gibt in Amerika eine stereotype Frage an Fremde: »Ist das Ihr erster Aufenthalt in Amerika?« Und als ich die Frage noch mit Ja beantworten konnte, wurde ich freudig begrüßt und besonders freundlich behandelt. Später war es dann der zweite, der dritte – ich begann exakt zu zählen, um die Frage genau beantworten zu können, und ich erwartete, daß meine Gesprächspartner mit Staunen zur Kenntnis nehmen würden, daß ich schon mehrere Male hier war. Das Staunen blieb aus. Der Frager erwartete nur ein Ja oder ein Nein, und vom späteren Nein war er enttäuscht. Denn das Staunen erwartete er von mir, dem Neuling. Dem, der noch über das staunen kann, was dem Einheimischen alltäglich ist.
Ein Atomphysiker – übrigens und zufällig in New York – führte mir seinen Neutronenbeschleuniger vor, den kleinsten der Welt, wie er mit Stolz bemerkte – auch das gibt es im Land der Rekorde: das Kleinste. Auf meine Frage, was man denn mit dem Beschleuniger mache, sagte er: »Wir bauen Unfälle, Crashes«, und er genoß seinen bübischen Einfall und mein Staunen, »wir versuchen dabei, Teilchen in Kerne zu schießen, wo sie nicht hinge-

hören, wo sie noch nie waren, und wenn uns das gelingt, dann schauen wir, wie sich diese Teilchen in der fremden Umwelt verhalten, und hoffen, so neue Erkenntnisse über diese Kerne zu erhalten.«

»Wissen Sie«, sagte er, »es gibt diesen alten Traum der Menschheit, daß einmal ein Außerirdischer unsere Welt besuchen wird. Und wir werden ihn beobachten und wohl feststellen, daß er ganz anders auf unsere Welt reagiert, als wir es erwarteten. Er wird vielleicht über andere Dinge lachen als wir, über andere weinen und über andere staunen. Und wir könnten von ihm lernen, unsere Welt neu zu sehen – sie sozusagen erstmalig zu sehen.«

Der amerikanische Schriftsteller Ernest Hemingway wurde einmal gefragt, was er sich wünschen würde, wenn er sich etwas Unmögliches wünschen könnte, zum Beispiel etwas, das gegen die Naturgesetze verstößt. Er sagte: »Noch einmal zum ersten Mal *Krieg und Frieden* von Tolstoi lesen können.«

Und noch einmal Amerika – und nur zum Beispiel, es könnte auch Langnau im Emmental, Welschenrohr oder Niederbipp sein –, kürzlich ein Krimi im Fernsehen gesehen, New York, ja genau da, zwei Straßen weiter habe ich gewohnt, wenn die Kamera nur ein kleines bißchen schwenken würde, ja hier, der Coffee-Shop. Und gleichzeitig fällt mir ein, daß ich jetzt überhaupt keine Lust hätte, dort zu sein. Schon bei meinem letzten Aufenthalt habe ich mich doch ziemlich gelangweilt. Vielleicht gehe ich nie mehr nach Amerika. Ich kenne es inzwischen, und mein täglicher Tramp dort unterscheidet sich von meinem täglichen Tramp hier nicht mehr sehr.

Und trotzdem – die Lust, nach New York zu gehen, fehlt mir zwar, aber die Sehnsucht nach New York bleibt. Irgendwie hat mich das reale New York nie richtig erreicht. New York ist eine Vorstellung geblieben. Und die Bilder am Fernsehen erinnern mich mehr an mich selbst als an New York. Solothurn erinnert mich auch an mich selbst. Heimat ist wohl das, was uns an uns selbst erinnert. Ja, Hemingway hatte recht: Noch einmal zum ersten Mal »Krieg und Frieden« lesen können, noch einmal zum ersten Mal staunen. Der Abenteurer Hemingway wußte, daß es kaum ein größeres Abenteuer gibt, als ein geliebtes Buch zum ersten Mal zu lesen.

Und genau das ist wohl der Grund dafür, daß ich fast nur noch Bücher lese, die ich schon mal gelesen habe. Sie erinnern mich an jenen, der es mit siebzehn, mit zwanzig zum ersten Mal las. Sie erinnern mich daran, wo ich saß, als ich diese Seite las, wie ich empfunden habe, wie ich mich fühlte und wie ich dachte damals. Nichts erinnert mich so sehr an mich selbst wie die Bücher, die ich gelesen habe. Sie sind mir zu Tagebüchern geworden.

Also angenommen

Angenommen, die Wissenschaft würde herausfinden, daß, wenn wir nur noch einen Tag länger Auto fahren würden ... nein, das Beispiel taugt nichts, es würde falsch verstanden. Also anders und unwahrscheinlicher: Angenommen, die Wissenschaft würde mit Sicherheit und unwidersprochen herausfinden, daß, wenn die Eisenbahnen noch einen Tag länger fahren würden, dann das ganze Ökosystem total zusammenbrechen würde und sämtliche Menschen innert wenigen Tagen tot wären – nur angenommen, würden dann morgen die Eisenbahnen noch fahren?
Ja, sie würden. Man kann sie nicht einfach nicht fahren lassen. Die Gründe sind einfach, wirtschaftliche Zwänge, Arbeitsplätze usw. Wenn sie nicht fahren würden, würde alles zusammenbrechen, die Autos zum Beispiel – doch, ich besitze ein Auto.
Angenommen, man würde feststellen, daß Tabakrauchen schädlich oder gar tödlich ist – also nur angenommen, ich bin Raucher –, würde man dann, würde ich dann? Die Amerikaner sind da radikaler. Die Tabakindustrie wird zur Kasse gebeten, aber nur zur Kasse.

Oder angenommen, man könnte den Gotthardtunnel aus irgendwelchen Gründen nicht bauen, würde er dann trotzdem gebaut, und würde er wegen des Bauens gebaut oder wegen des Befahrens?
Oder angenommen – einfacheres Beispiel –, man würde feststellen, daß die Umgebung von Schießanlagen katastrophal von Blei verseucht sei – darauf hätte man ja schon längst kommen können –, würde man dann auf das Verschießen von Blei verzichten?
Nein, man würde nicht, man würde die Anlagen umzäunen, man würde den Bauern verbieten, ihre Kühe in der Umgebung weiden zu lassen, und man würde weiterhin Blei verschießen. Man verschießt weiterhin Blei, denn Schießen ist mit Blei, und Schießen braucht den Kitzel des Gefährlichen.
Nun gibt es zwar auch Sportschützen, die haben, so sagen sie, weder mit irgendeinem Haudegentum noch mit militärischer Ertüchtigung zu tun. Sie betrieben das Schießen nur als Sport. Ich glaube ihnen das, und ich glaube daran, daß es das gibt, es gibt auch Speerwerfer, und auch der Speer war mal eine Waffe wie der Diskus auch.
Es bliebe nur die Frage, warum denn die Gewehre knallen müssen und warum es – in doppeltem Sinne – tödliches Blei sein muß, das da nach vorn auf die Scheibe fliegt. Man könnte das doch billiger und einfacher machen, und erst noch mit exak-

teren Ergebnissen, mit elektronischen Gewehren. Aber eben, das wäre dann nicht Schießen – weil es nicht knallt und nicht an Gefährlichkeit erinnert –, und Schießen muß sein. Alles, was ist, muß sein.

Eine Umfrage ergab, daß ein Großteil der Bevölkerung das Vertrauen in die Behörden, in die Politik verloren hat. Also angenommen, wir kämen zur Überzeugung, daß wir ein neues Regierungssystem bräuchten – zum Beispiel, nur zum Beispiel –, ein Parlament, das einen Ministerpräsidenten wählt, der dann sein Kabinett mit Fachleuten zusammenstellt, wären wir fähig, das System zu wechseln? Wären wir fähig, eine neue Verfassung zu machen, wenn wir eine neue brauchten?

Amerikanische Ökonomen fanden heraus, daß der Geldfluß des Drogenhandels, des illegalen Waffenhandels auch, annähernd den Geldfluß des Erdölhandels erreicht habe und eine eminente wirtschaftliche Bedeutung besitze. Heißt das, daß das, was wir alle wünschen, eine Welt ohne Drogenopfer, vielleicht doch nicht wünschenswert ist?

Wir reden dauernd davon, daß sich die Welt in den letzten Jahrzehnten total verändert habe, und wir leben seit Jahrzehnten hartnäckig in derselben Welt. Alles hängt mit allem zusammen, und (fast) alles wird zum wirtschaftlichen Faktor. Daß wir es einsehen, macht die Sache noch schlimmer, denn veränderbar ist sie nicht. Wir glauben, wir könn-

ten nicht mehr zurück, dabei sind wir hinter allem zurückgeblieben. Wirklich entscheiden können wir nicht mehr, wir können es nur noch ein bißchen biegen und flicken. Ob wir eine Armee brauchen – zu ihrem eigentlichen Zweck –, ist nur noch eine Scheindiskussion. Wir haben sie, und es hängt halt so viel an ihr, basta.
Ich habe in den Fünfzigerjahren am Städtebundtheater Solothurn-Biel – einem wunderbaren Provinztheater damals – eine Aufführung von Frischs »Biedermann und die Brandstifter« gesehen. Da begann plötzlich der schwere Tisch auf der Bühne zu wackeln. Die Schauspieler überspielten das genial, hielten den Tisch mit der linken Hand und machten mit der rechten ihre pathetischen Gesten. Nach und nach wurden dann von den Neuauftretenden Stecken hereingeschmuggelt und diskret unter den Tisch geklemmt, um ihn zu stützen. Sie erfanden Abgänge und Auftritte, um noch mehr Stecken zu holen. Sie machten das genial wie Zauberkünstler, der Tisch hatte zum Schluß mindestens zwanzig Beine, und niemand hatte gesehen, wie die Stecken unter den Tisch kamen. Nur, das war halt denn auch alles. Die Vorstellung wollten sie zwar retten, aber es gab sie gar nicht mehr. Die Schauspieler hatten andere Probleme. In einem richtigen Theater hätte man den Vorhang gezogen, den Tisch repariert und neu begonnen.

Ich lebe gern

Der Clown Grock hat mal eine kleine Autobiographie geschrieben, ich habe sie als Jüngling gelesen, aber ich wüßte kaum mehr etwas davon zu erzählen. Schon damals, daran erinnere ich mich, hat mich der Titel so erschlagen, daß ich vom Inhalt des Buches eben nicht mehr als den Titel mitbekam, er hieß: »Ich lebe gern«.
Ich erinnere mich, daß ich Liebeskummer hatte damals und Schwierigkeiten mit einem Lehrer, der wohl nicht gern lebte, sondern lieber jemand war: ein mächtiger Lehrer. Und da kam nun einer und hatte die Frechheit, zu sagen, er lebe gern, eine Frechheit auch deshalb, weil es dazu eigentlich kein Gegenteil gibt – ich lebe ungern.
Ich werde immer wieder gefragt, für wen ich schreibe. Ich weiß es nicht, aber ich denke in der Regel schon an jemanden, wenn ich schreibe, an einen Freund, an eine Freundin, an meine Frau, ihnen soll es gefallen. Gestern aber traf ich einen, der eben seine Stelle verloren hatte. Nach und nach gewöhnt man sich daran. Das Gespräch wird zur Routine: »Schlimm, grauenhaft, schrecklich.« Er wird ab jetzt nur noch routinierte Gesprächspartner haben, die Leute vom Arbeitsamt, den

Projektleiter eines Kurses, später vielleicht einen Sozialarbeiter, den Mann von der Bank, Hypothek, Einfamilienhaus. Er wird im entsprechenden Kurs lernen, wie man ein Bewerbungsschreiben abfaßt, als wäre er arbeitslos geworden, weil er keine richtigen Bewerbungen schreiben konnte. Der Lehrer wird auch ein Arbeitsloser sein, auch wenn er weiß, wie man ein Bewerbungsschreiben verfaßt. Man wird ihm Weiterbildung anbieten, einen Computerkurs, vorerst mal das Zehnfingersystem.

Alle machen jetzt einen Computerkurs, und er ist über fünfzig. Er hat sich jetzt vorzubereiten auf eine Zeit, in der es wieder Arbeit gibt. Er weiß, daß es keine mehr geben wird. Vielleicht macht er auch einen Kurs in positivem Denken, positiv denken über was? Jedenfalls wird er dem Arbeitsamt monatlich sechs Bewerbungen vorlegen müssen. Und ich sitze da und sage: »Schlimm, schrecklich, grauenhaft.«

An wen denken Sie, wenn Sie schreiben? Gegenwärtig an ihn, und deshalb will mir kein Thema als wichtig genug erscheinen: Verhandlungen mit der EU, Schwerverkehr, Neat, ein wunderbarer Herbsttag heute?

Ich werde nichts schreiben können, was ihn jetzt interessieren könnte. Ob es ihn vorher interessiert hätte? Ich weiß es nicht, sehr wahrscheinlich nicht,

er hat eine kleine Karriere gemacht, ein unentbehrlicher Mitarbeiter, eine sichere Stelle. Mein Erbarmen hält sich in Grenzen, trotzdem, er tut mir leid, und wenn ich ihn auch nicht kenne, ich fürchte mich davor, daß er sein Leben wegwerfen könnte. Ich fürchte mich davor, daß ihn alles, was ich jetzt schreiben würde, beleidigen könnte.
Ein Thema hatte er mir zwar angeboten. Er begann zu schimpfen, nein, nicht über die Arbeitgeber, nicht über die Reichen, nicht über die Tennisspielerinnen und über die Fußballer, nicht über jenen, der ein Bild für 56 Millionen Dollar ersteigert hat – nein, er fluchte auf die Armen, auf die Asylanten, auf die Drögeler, auf die Arbeitsscheuen, denen man das Geld nachwirft, auf die Juden, die an unser Gold wollen. Er fluchte auf unsere Politiker, die mit Brüssel verhandeln, unser Land verraten, und nur deshalb, nur deshalb... Er weiß zwar nicht, was deshalb, aber eben deshalb. Und er erwähnte jetzt auch den Namen jenes Politikers, der das alles – der eben recht habe und es ihnen sage. In der Regel widerspreche ich bei solchen Äußerungen. Heute halte ich mich still. Er ist seit gestern arbeitslos, und er lebt im Ärger. Daß er sich noch ärgern kann, hält ihn am Leben.
Nur, ob das noch ein Leben ist, ein Leben im Ärger? Oder war es vielleicht immer ein Leben im Ärger, sein Leben?

Dem Politiker, den er erwähnte – »Sieben solche bräuchten wir in Bern« –, kann das nur recht sein. Helfen wird er ihm zwar nicht, aber Erfolg haben wird er mit ihm und seinem Ärger. Es ist leicht, Erfolg zu haben in einem Land der Verärgerten. Und wenn es ein Land der Verärgerten bleibt, um so besser.
Ich lebe gern, hat Grock gesagt. Ich ahne, was das sein könnte, wenn ich zweijährige, dreijährige Kinder sehe, die sich eine Welt ganz neu erobern, staunend, interessiert und von diesem Leben begeistert. Mit diesen Kindern wäre keine Politik des Ärgers zu machen. Im übrigen, der Titel von Grock – »Ich lebe gern« – erscheint mir als trotzig. Trotz ist etwas anderes als Ärger. Trotz ist etwas Übermütiges.

Ein gutes altes Jahr

»Ich wünsche gut gespeist zu haben«, sagte der alte Berliner Kellner beim Abräumen der Teller – ein eigenartiger Wunsch; das Essen war gegessen, es war genießbar, jedenfalls reichlich. Was soll der Wunsch nun hinterher? Am Essen ist nichts mehr zu verbessern, mein Appetit ist auch weg, es war vielleicht doch zu reichlich. Also gut, eine Floskel, der Kellner wird auch nicht wissen, was sein Wunsch meint, und sehr wahrscheinlich merkt er gar nicht, daß er es sagt, gesagt hat.
Zeit der Wünsche: »Schöne Weihnachten!« »Rütschet guet übere!« »Es guets Neus!«
Schöne Weihnachten, was ist das? Lassen wir das, sie ist vorbei. Aber vielleicht doch eine Frage: »War es schön, Ihr Weihnachtsfest?« Ich wünsche Ihnen das herzlich, daß es schön war, Ihr Weihnachtsfest – oder, wie der Berliner Kellner sagen würde: Ich wünsche ein schönes Weihnachtsfest gehabt zu haben. Ein Weihnachtsfest nämlich, an das man sich erinnert: an die vergessene Gans im Backofen – »so was ist mir noch nie passiert« –, die schwarz, klein und schrecklich war, und an das Ersatzessen, im Kühlschrank waren noch ein paar Bratwürste – mit Zwiebelschweitze und Rösti, das

beste Weihnachtsessen überhaupt. Und alle erzählen ihre Geschichten über mißlungene Essen, über Füchse, die als Kaninchen ausgegeben wurden, und über Spaghetti, die besten, die man je hatte, nichts mehr war im Haus, keine Tomaten und nichts, nur noch Spaghetti, sogar ein bißchen Konfitüre haben wir reingeschmissen. Wenn die Gans so geworden wäre, wie sie beschrieben war in dem Rezept aus dem Heftchen, man hätte es nicht so lustig gehabt – und die Bratwürste und die Zwiebelschweitze …

Ja, ich wünsche Ihnen, ein schönes Weihnachtsfest gehabt zu haben, eines, an das man sich noch lange erinnert, eines, von dem man erzählen kann: Tante Barbara, niemand mochte sie in der Familie, war plötzlich lustig und erzählte von all ihren Dummheiten im Leben und setzte sich dafür ein – ausgerechnet sie –, daß die Jungen doch machen sollen, was sie wollen, sie fände Piercing ganz lustig. Haben Sie ein schönes Weihnachtsfest gehabt? Ich wünsche es Ihnen.

Und das alte Jahr, wie war es? »Eines zum Wegschmeißen«, das habe ich auch schon gesagt, voreilig und unüberlegt – es war doch immerhin ein Jahr, immerhin besser als gar keines, immerhin Leben. Und Leben ist das, was man erzählen kann.

Nein, gut war es nicht, das alte Jahr, abgesehen

mal von allen Schrecknissen und Gemeinheiten der Welt. Es sind Menschen gestorben im alten Jahr, Menschen, die so gern noch gelebt hätten, der Millionen-Kunz und der Giggeri-Hausi, sie würden mich jetzt verfluchen, sie mochten ihre Übernamen gar nicht, und sie hätten auch nicht zusammen genannt werden wollen, aber ihre Übernamen sind Geschichten, nicht Geschichten von Reichtum und Lebensfreude, zwei, die halt da waren und an die man sich gewöhnt hatte. Jetzt kann man nur noch von ihnen erzählen, aber man erzählt jetzt mehr von ihnen als vorher. Sie sind – wie das alte Jahr – zu einer Erzählung geworden.

»Weißt du noch, da hat doch der Millionen-Kunz ...« Ja gut, es war ein schreckliches Jahr, für die beiden ohnehin und für uns alle auch, für die einen war es ein bißchen schrecklich und für viele andere sehr, aber wenn wir es erleben, das neue Jahr, dann werden wir zum mindesten vom alten Jahr erzählen können.

Ein schönes Weihnachtsfest, das wäre wohl nicht ein Fest, wo die großen Geschenke eintreffen, die Wunder passieren – der strohdumme Sechser im Lotto –, sondern ein Fest, das erinnert. An was? An uns selbst: das uns daran erinnert, daß wir leben, zusammen leben und zusammen gelebt haben.

Was wünschen wir uns denn, wenn wir uns ein gutes Jahr wünschen? Den Sechser im Lotto? Ein Leben wie Ebner mit seinen Millionen? Der Millionen-Kunz hatte sie übrigens nicht, und – ich habe versucht, zu rechnen – eine Million Biere kann er in seinem Leben nicht getrunken haben, aber viele schon, und sie mögen auch viel gekostet haben, aber mehr hätte er gar nicht trinken können. Also, was wünschen wir uns gegenseitig? Ein Leben wie der Millionen-Kunz oder wie der Millionen-Ebner? Oder den Sechser im Lotto?

Oder wünschen wir uns einfach ein Leben?

Vielleicht meine ich, wenn ich sage »Es guets Neus«, nichts anderes, als daß sie oder er es erlebt – nichts anderes, als daß er weiter mitlebt, daß er lachen kann über die schwarzgebratene Gans und sich freuen kann über die Bratwürste an Weihnachten – die besten, die er je hatte. Daß er leben kann und daß er erzählen kann, erzählen kann zum Beispiel – vom alten Jahr.

Und deshalb und in diesem Sinne wünsche ich ein gutes altes Jahr gehabt zu haben.

Also brechen wir auf

Seit den Feiern in Aarau – 200 Jahre Helvetik – dürfte es uns allen klar sein: Wir haben nun in die Zukunft zu blicken, gemeinsam an unserer Zukunft zu arbeiten, den Mut zu Neuem zu haben, unsere Demokratie, unseren Staat weiter zu entwickeln. Entschuldigung, ich möchte die Feiern nicht stören, aber ich habe da eine kleine Zwischenfrage: Wer ist denn dagegen, daß wir mutig in die Zukunft blicken? Blocher? Die Grünen? Die Roten und die Rötlichen? Die Gelben? Die Schwarzen? Ebner und die Universalbank Schweiz?
Entschuldigung, ich habe nicht die geringste Absicht, die Feier zu stören, ich habe eine große Verehrung für die in- und ausländischen Gründer unseres Staates, ich bin auch für Feiern, für Essen und für Trinken, für Musik und Feuerwerk. Aber ich habe Bedenken, wenn Dinge postuliert werden, die mutig klingen, nur weil vom Mutigen-in-die-Zukunft-Schauen die Rede ist. Wer möchte da dagegen sein? Wer ist da dagegen – kein einziger, keine einzige. Dabei kriegen wir doch alle ein bißchen Gänsehaut, wenn vom Mut zur Zukunft die Rede ist, als ob es für diesen »Mut« Mut bräuchte.

Es gibt einige Dinge in meinem persönlichen Leben, auf die ich nicht stolz bin, einige Dinge, die mir peinlich sind, einige, für die ich mich schäme. Nun könnte man von mir mit Recht verlangen, daß ich das hier nicht einfach so vage erwähne, sondern beim Namen nenne – Entschuldigung, mir fehlt der Mut dazu.
In Sachen Zukunft jedenfalls bin ich trotz aller Hoffnungslosigkeit mutiger. Für die Zukunft jedenfalls habe ich mich nicht zu verantworten. Dabei gibt es Leute genug, die gar keine Zukunft mehr haben, und Leute genug, die sich vor ihrer Zukunft fürchten. Ihnen wird mitunter positives Denken empfohlen, Eigeninitiative. Ich möchte ihnen lieber Vertrauen in die Gemeinschaft, Vertrauen in den Staat empfehlen können, aber damit, das weiß ich, würde ich mich – und leider mehr und mehr zu Recht – lächerlich machen.
Mir fällt auf, daß ich in Sachen Staat mutlos geworden bin. Ich bin stiller geworden, wenn in der Beiz auf den Staat geflucht wird. Ich bin nicht mehr so sicher, ob es ihn noch gibt.
Übrigens wird von jenen auf den Staat geflucht, die vehement für die Landesverteidigung sind, also für die Armee, die Fußballnationalmannschaft, die Schweizer Skirennfahrer – für die Schweiz überhaupt und gegen alles andere. Die Schweizer Armee nehmen sie durchaus noch wahr,

die Schweiz auch, aber den Staat Schweiz nicht mehr.

Was nützt es da, wenn man mit dieser Schweiz aufbrechen will in eine Zukunft und kaum mehr jemand mit »Schweiz« einen Staat meint?

Die Idee Staat war eine Idee der Aufklärung. Die Aufklärung ist fast gleich alt wie die moderne Schweiz, und sie hat abgedankt, die Aufklärung.

Ich habe es mehrmals und immer wieder gehört in der Beiz, ausgesprochen von armen Leuten, von Arbeitslosen und Ausgesteuerten: »Der Ebner hat recht, was er getan hat mit seinen Millionen und mit seinen Steuern, das ist legal – Hand aufs Herz, das würdest du auch tun, alle würden das tun.«

Nicht einer schimpft auf den Staat, der solches zuläßt.

Die Hoffnung ist nicht mehr die Gemeinschaft, sondern die, durch Zufall – durch den Lottozettel – so schlau zu werden wie Ebner.

Mir fällt dazu noch das Wort »schamlos« ein, aber das Wort ist nicht am Platz. Er braucht sich nicht zu schämen, denn alle hätten es getan, genau gleich getan wie er. Und wer will sich schon die Chance verbauen, es im Falle des Lottogewinns genauso tun zu können wie er. Die Hoffnung heißt nicht mehr Gemeinschaft, die Hoffnung heißt nicht mehr AHV und Sozialversicherung. Sie heißt schlicht: Reichtum.

Den Staat gibt es zwar noch, und es wird ihn wohl noch einige Zeit geben. Aber er hat nur noch die Rolle des Sündenbocks. Nicht die Wirtschaft ist schuld an der Arbeitslosigkeit, sondern der Staat, der alles falsch macht. Die Wirtschaft fordert die Marktwirtschaft und gründet Monopole gegen den Markt, sie fordert die Privatisierung, und ihre Fusionen werden zu Staatsgründungen. Die Wirtschaftsmacht duldet den Staat noch und behandelt ihn lächelnd als kleinen Bruder. Die Wirtschaftsmacht macht die Staatsmacht mehr und mehr lächerlich, und wir schauen dem mit Sympathie zu und bestaunen die legalen Machenschaften der Erfolgreichen.

Wir werden auch erfolgreich sein: Unsere Fußballnationalmannschaft hat eine reelle Chance, und die Armee zum mindesten wird uns bleiben, an ihrer Privatisierung ist wohl niemand interessiert.

Also brechen wir auf in die Zukunft! Was bleibt uns anderes übrig?

Chaotisch wie die Sprache selbst

Im kleinen Bergdorf Barbiana sammelte der Pfarrer Don Milani all jene Schüler aus der Umgebung, die in der Hauptschule unten im Tal durchgefallen waren, und forderte sie auf, selbst eine Schule zu machen, sich selbst gegenseitig zu unterrichten. Die »Scuola di Barbiana« hatte keine Lehrer, nur interessierte, begeisterte Schüler, die sich gegenseitig begeisterten.

Später schrieben diese Schüler einen langen Brief an ihre ehemalige Lehrerin, die sie hatte durchfallen lassen. Der Brief erschien als Buch mit dem Titel »Scuola di Barbiana – Brief an eine Lehrerin«.

Sie erzählen darin auch von Gianni, der in einem Aufsatz »Aradio« statt »Radio« geschrieben habe. Die Lehrerin habe ihm das als Fehler angestrichen. Damit habe die Lehrerin gegen die italienische Verfassung verstoßen, denn in der Verfassung stehe, daß Bürger aller Sprachen vor der Verfassung gleich seien. Giannis Vater aber habe immer »Aradio« gesagt, so sei es also Giannis Vatersprache (Muttersprache). Zwar gebe es eine italienische Sprache, in der dieser Gegenstand »Radio« heiße, die wolle Gianni in der Schule lernen, trotzdem bleibe die »Adiosprache« seine Muttersprache.

Ich mag etymologische Wörterbücher. Sie erzählen wunderbare Geschichten von Sprachwerdung, die deutschen Wörter kommen aus dem Arabischen, aus dem Türkischen, aus dem Lateinischen und dem Griechischen, und dann stehen sie da so schön fettgedruckt und sind so stolz darauf, daß sie die einzig richtigen sind. Wäre beim »Radio« aus irgendeinem Grund ein weiteres A dazugekommen, dann wäre es uns selbstverständlich, daß das Ding Aradio heißt, und das etymologische Wörterbuch würde uns das mit Ernst erklären.

Was muß das für eine Welt gewesen sein, als die einfachsten deutschen Wörter aus dem Arabischen kamen, das Wort »Gast« zum Beispiel aus dem Aramäischen. Was müssen das für Menschen gewesen sein, die einfach miteinander sprachen, viele oder alle Sprachen durcheinander, und die durch Sprachen Sprache entstehen ließen.

Es gab in Europa eine Bronzezeit, Höhlenbewohner und Pfahlbauer. Und Händler jenes legendären Salomo werden ihnen Kupfer verkauft haben. Sie werden miteinander gesprochen haben, die Händler und die Käufer. Darauf hat mich kein Geschichtslehrer aufmerksam gemacht, wenn es auch in jeder neuen Schule wieder neu mit der Steinzeit begann und immer wieder irgendwo im Spätmittelalter endete. Daß die miteinander gesprochen haben, war kein Gegenstand der Geschichte. Der Gegenstand des Geschichtsunterrichts war nur, daß alles, was heute ist, folgerichtig so ist.

Es ist so: Das heißt Radio; der Zufall des »Aradios« ist nicht eingetreten.

Ich erinnere mich an ein Gespräch vor Jahren, das ich im Speisewagen vom Nebentisch mithörte. Ein englisches Ehepaar, ihnen gegenüber ein alter Herr, sehr alt und wohl ein bißchen senil, aber mit überzeugter kräftiger Stimme, ein ehemaliger höherer Beamter vielleicht oder ein ebenso höherer Offizier.

Er begann nun ein Gespräch. »Sind Sie Engländer?« fragte er, und das konnten die beiden, die nicht Deutsch konnten, noch bestätigen, und zwar mit einem deutschen Ja. »Sagen Sie mal«, posaunte er nun, denn der ganze Speisewagen sollte seinen flüssigen Umgang mit Fremdsprachen mitbekommen: »Sagen Sie mal«, sagte er nun – selbstverständlich auf deutsch –, »wie haben Sie es mit Ihrer Eisernen Lady« – er meinte die Thatcher. Die beiden schauten sich an, schauten ihn an, zuckten mit den Schultern. Der alte Deutsche wiederholte nun mehrmals »Eiserne Lady«, immer eindringlicher, immer lauter und überzeugt von seinen Englischkenntnissen, denn Lady ist ja nun mal ein englisches Wort und die »Eiserne Lady« ein englischer Gegenstand. Nach weiterem Nichtverstan-

denwerden stellte er laut und empört fest: »Das sind keine Engländer!«
Nein, ich meine jetzt nicht das mit den Fremdsprachen, ich meine nur unsere Sicherheit, daß Lissabon eben Lissabon heißt – auf portugiesisch zwar Lisboa, aber die Portugiesen werden nichts daran ändern können, daß Lissabon Lissabon heißt. Es soll sogar Franzosen geben, die nicht wissen, daß die EU EU heißt. Der Alte im Speisewagen hielt offensichtlich »Eiserne Lady« für ein Fremdwort, so wie andere Lissabon für ein Fremdwort halten, und – so glauben sie – Fremdwörter zum mindesten sollten von Fremden verstanden werden.
In Frankreich wollte das Parlament ein Gesetz erlassen, das Fremdwörter verbietet und unter Strafe stellt. Das Verfassungsgericht hat das verhindert. Es wird also weiterhin eine französische Sprache geben, denn eine Sprache besteht aus Sprachen und ist nicht nur selbst etwas. Sie hat eine Herkunft aus anderen Sprachen.
In Ägypten habe ich mal einen koptischen Gelehrten getroffen. Er hat die erste Etymologie des Arabischen geschrieben, die Geschichte der Herkunft der arabischen Sprache. Dafür mußte er ins Gefängnis und bekam lebenslänglich Schreibverbot – weil die arabische Sprache keine Herkunft hat, sondern von Gott ist.
So etwas wäre in Frankreich nun wohl doch nicht

vorstellbar und in Deutschland wohl auch nicht. In Deutschland weiß man – wissen die Schulmeister –, daß die Sprache eine Herkunft hat. Doch was eine Herkunft hat, hat auch eine Zukunft. Die Sprache ist nicht nur jetzt und für immer von irgendwo hergekommen, das wird sie – so hoffe ich – auch morgen und übermorgen wieder. Sie wird, so hoffe ich, immer wieder von neuem von irgendwo herkommen. Und der Einwand, daß es eben fast nur noch das Englische sei, das in unsere Sprache eindringe, scheint berechtigt. In Wirklichkeit aber leben mehr Italiener, Jugoslawen, Portugiesen, Türken bei uns. Sprachgeschichtlich werden sie keine Rolle spielen, wir werden wohl all diese Sprachen verpaßt haben, und unsere Sprache verarmt, weil wir sie nicht (mehr) bereichern wollen.

Ich würde mich sehr freuen darüber, wenn dieser Text – den ich hier schreibe – in hundert Jahren nicht mehr lesbar wäre, weil die Sprache inzwischen gewachsen wäre. Aber leider werden das schulmeisterliche Sprachpuristen verhindern.

Ich zweifle übrigens daran, daß das Englische nur wegen politischer und wirtschaftlicher Macht zur Weltsprache geworden ist. Es ist es vor allem geworden, weil es lebt, weil es sich verändert, weil es sich zur Verfügung stellt für Verballhornungen, Minimalisierungen – auch für mangelhafte Rechtschreibung und Grammatik. Dabei gibt es in England und Amerika so viele Puristen wie überall – wenn nicht noch mehr –, aber gegenüber der Sprache haben sie keine Chance. Sie ist schon viel zu reich, als daß man sie jetzt noch bereinigen könnte. Es gibt zwar auch schönes und noch schöneres, gepflegtes und noch gepflegteres Englisch. Darum kümmern sich schon Leute, und die sollen sich auch kümmern. Aber die Sprache ist stark genug, eine Sprache zu sein und immer wieder neu zu werden – eine »Adiosprache«.

Aber eigentlich wollte ich über die deutsche Rechtschreibung schreiben. Nun ist mir die Einleitung zu lang geworden. Also lassen wir sie, die Rechtschreibung – wenn wir sie endlich lassen, dann wird sie schon werden, dann wird sie werden wie die Sprache selbst, eine Herkunft haben und irgendwo hingehen. Die Sprache wird leben und die Rechtschreibung mitleben – nicht logisch, sondern chaotisch wie die Sprache selbst.

Was willst du werden?

Nun sind sie wieder mal vorbei, die Olympischen Winterspiele. Sind Sie auch nachts aufgestanden, um live dabeizusein? Wenn Sie mich fragen, mich interessiert das eigentlich nicht. Ich habe von mir den Eindruck, daß es mich nicht interessiert. Das ist beschlossen, es interessiert mich nicht, es interessiert mich überhaupt nicht – aber aufgestanden bin ich. Ich habe mich selbst ertappt dabei, daß ich aufgestanden bin, ich habe mich ertappt dabei, daß ich auf die Schweizer gewartet habe. Ich habe mich ertappt dabei, daß mich Sportarten, die mir völlig Wurst sind, plötzlich interessieren und daß ich nach zehn Minuten Curling-Schauen schon so etwas wie ein Fachmann für Curling-Taktik war und nach zwanzig Minuten bereits meine ersten Bedenken anmeldete gegenüber den Bemerkungen des Kommentators – jenes Kommentators, von dem ich innert zehn Minuten alles gelernt hatte.
Eigentlich, wenn ich mich frei entscheiden könnte, möchte ich Sport nicht mögen. Und ich könnte mich doch durchaus frei entscheiden, ob ich nachts um drei aufstehen will oder nicht. Aber ich bin mitunter aufgestanden. Hätten die Spiele in Europa stattgefunden, könnte ich jetzt sagen: »Ich

habe halt so ein bißchen am Fernseher herumgedrückt, und dann hab ich es mir halt angeschaut.«
Aber nun haben sie in Ostasien stattgefunden, und ich bin überführt.

Warum, verflucht, habe ich mitgeweint mit dem weinenden Skip der Curler? Wie oft schon hätte ich gern geweint, vor Freude oder vor Trauer, und ich konnte nicht, warum also gerade jetzt – Curling, was soll's? Der Sport beweist mir immer wieder etwas, was ich lieber nicht bewiesen haben möchte, er beweist mir, daß ich halt doch dazugehöre, daß man sich dem, was ist, nicht entziehen kann, daß man sich, wo auch immer, für Dinge interessieren muß, für die man sich lieber nicht interessieren möchte. Ich müßte den Sport hassen wie ein Überführter seinen Untersuchungsrichter.

Es gibt Fragen, die werden einem in frühester Kindheit ins Hirn gemeißelt, und da bleiben sie dann eingekerbt für ein ganzes Leben. Auch wenn sie schon längst beantwortet sind, sie bleiben als Frage stehen.

»Was willst du werden?« Ein ganzes Leben lang fragt dieses Hirn: »Was willst du werden?« Tanten und Onkel und Nachbarn und wohl auch die Eltern haben diese Frage eingepflanzt für immer. Da kann man werden, was man will, das Hirn fragt weiter.

Und ich bin inzwischen 63. Andere, mit richtigen

Berufen, wären wohl schon frühpensioniert oder längst arbeitslos, aber immer noch lese ich Stelleninserate. Und ich lese sie fast im Ernst, und ich erschrecke darüber, daß es fast nichts mehr zu werden gibt – eine »belastbare Persönlichkeit« zum Beispiel war ich nie. Nun, ich brauche keine neue Stelle, ich brauche keinen neuen Beruf, trotzdem, die Frage ist eingemeißelt im Hirn, es fragt ohne Sinn dauernd weiter: »Was willst du werden«, unabhängig davon, ob ich etwas geworden bin oder nicht.

Ich stelle mir vor, daß diese Frage auch in den Köpfen jener ist, die heute nichts anderes suchen als Arbeit, jener, die es längst haben aufgeben müssen, etwas werden zu wollen; und der Arbeitsmarkt verkommt für sie zum Sklavenmarkt, einfach Arbeit, irgendeine Arbeit – und das Hirn fragt etwas ganz anderes: »Was willst du werden?«

Siegerehrungen treiben mir – diesmal unabhängig von der Nation – die Tränen in die Augen. Das ärgert mich maßlos, aber ich kann nichts machen dagegen. Warum rührt es mich, wenn ich irgend jemanden aus irgendeiner Sportart dort oben stehen sehe? Meine nationale Seele ist es in diesem Augenblick nicht, mich rühren in diesem Augenblick auch eine chinesische Siegerin oder ein finnischer Sieger. Vielleicht ist es diese eingehämmerte Frage im Kopf, diese hartnäckige Frage, die sich durch keine Antwort, durch keine Leistung, durch keinen Erfolg befriedigen läßt: »Was willst du werden?«

Die Sieger auf dem Treppchen vermitteln uns die Illusion, daß wir dabei waren, als jemand wirklich etwas wurde, für immer und ewig etwas wurde – und schon spricht der Reporter von einem historischen Sieg, von einem Sieg, der in die olympische Geschichtsschreibung eingehen wird.

Wir erleben die Illusion, daß einer ganz, ganz oben steht. Vielleicht ist es einer, der einmal als Dreijähriger, als er gefragt wurde, was er werden wolle, gesagt hat: »Olympia-Sieger«, und die Leute haben das drollig gefunden.

Täusche ich mich, wenn ich in den Gesichtern der Sieger bereits die ersten Zeichen von Enttäuschung zu erkennen glaube? Jedenfalls wird auch ihr Hirn dauernd hartnäckig weiterfragen: »Was willst du werden?«

Die Antwort des dreijährigen Kindes wäre wohl die einzig richtige: »Ich will nichts werden, ich bin schon etwas, ich bin Hans.« Aber schon ein Jahr später sagte es: »Ich weiß es noch nicht, aber etwas mit Publikum.«

K. am Sonntag

Ich bin für zehn Tage in einer deutschen Kleinstadt, und ich habe mich fast ein bißchen auf diesen Aufenthalt gefreut. Ich habe hier nur abends etwas zu tun, und für den Tag habe ich mir nicht viel vorgenommen, ich will nur ein bißchen sein.
Am Bahnhof wurde ich abgeholt, hier schon als erstes die Entschuldigung des Abholenden, daß es halt eine kleine Stadt sei, und dann die vorsichtige Frage, wie groß denn Solothurn sei. Und ich sage, und die Solothurner mögen mir verzeihen: »Noch kleiner.« Vor Jahren habe ich die Frage noch etwas selbstbewußter beantwortet, davon gesprochen, daß Solothurn aber ein Zentrum sei, ein richtiges Theater habe zum Beispiel und daß »klein« in der Schweiz eben etwas anderes sei.
Die letzten drei Monate, als ich schon von der Reise wußte, war mir der Name der Stadt noch präsent, er klang nach etwas, er weckte Bilder, ohne daß ich die Stadt kannte, aber seit ich hier bin, vergesse ich ihn dauernd. Also dann K., es ist nicht nötig, daß Sie den Namen wissen, wenn ich ihn im Augenblick auch nicht weiß oder nachschlagen müßte.
Die Stadtmauern, so las ich im Prospekt, sind noch fast vollständig vorhanden, ich finde sie nicht,

und dort, wo ich sie dann doch erahne, sind sie eine Enttäuschung, die Mauern sind keine Mauern mehr, sie grenzen nichts mehr ab und sind in die Stadt hineingewachsen. Vor meinem Zimmer im Gang ist ein Stück alte Mauer ausgespart, braun, verrottet, häßlich, aber eben halt alt, historisch – so ein Unsinn, der Maurer, der sie damals gebaut hat, würde sich sicher ärgern, er hat sie damals schön sauber ausgefugt und verputzt, und nun steht sie da, und ihre einzige Qualität ist ihr historisches Alter. Sie ist nun so etwas wie wertvoll, eine Antiquität eben wie das alte häßliche Kohlebügeleisen als Blumentopf.

Nun gut, alle Kleinstädte haben ihre »bedeutende« Geschichte. Darauf sind sie stolz, denn Geschichte ist eine Antiquität, und Antiquitäten sind wertvoll, aber der Stolz auf Geschichte hat vielleicht doch etwas Lächerliches, Antiquitäten sind kein Ersatz für Leben.

Trotzdem, auch ich habe Vorstellungen von einer alten Welt, die ich selbst nie gekannt habe, aber die ich kenne von verlogenen Kinderbüchern oder von Adventskalendern, die das Leben in Städten zeigen. Da fällt mir ein, daß Busunternehmer immer noch ihre Geschäfte machen mit Weihnachtsmärkten, Christkindelmärkten in Deutschland, in Nürnberg zum Beispiel. Die Vorstellung von einer Stadt, von einer richtigen Stadt, von einer wunderschönen Stadt Nürnberg, die eben etwa so aussieht wie auf dem Adventskalender, lockt die Leute in die Busse, und in Nürnberg stehen dann genormte Marktstände in irgendeiner Stadt, und irgend etwas wird dort verkauft, an jedem zweiten Stand dasselbe und meist auch dasselbe wie hier. Trotzdem, die Leute gehen nächstes Jahr wieder. Die Vorstellung von einer Stadt, einer Stadt wie auf dem Adventskalender mit Glimmerschnee, Nachtwächtern und Gaslaternen, bleibt. Die gesehene Realität kann die Vorstellung nicht korrigieren. Eigenartig, trotz Autos, Eisenbahn und Flugzeugen bleibt diese Vorstellung in unseren Köpfen, daß man wandern könnte, wandern wie Theodor Fontane durch die Mark Brandenburg, wandern auf der staubigen Landstraße und dann von weitem die Mauern einer Stadt sehen und sich freuen könnte auf die Menschen dort und darauf, den Abend unter Menschen verbringen zu können. Hier in K. ist Sonntag, eine ausgestorbene Stadt wie wohl noch ein paar tausend andere in Europa. Auf den Straßen keine Menschen, nur ein paar Autos. Die Menschen gehen nicht mehr ungeschützt auf die Straße, sie brauchen ihren Panzer aus Blech. Die Straße hier ist keine Durchgangsstraße, man kommt auf dieser Straße nirgends hin als in die Stadt, aber in der Stadt sind nur Autos und keine Menschen.

Es gab einmal die Vorstellung von Urbanität, die Vorstellung, daß man miteinander im Schutz von Mauern wohnen könnte. Die Stadt war einmal eine humane Idee. Es gibt sie gar nicht mehr, die Städte. Sie heißen nur noch so. Hier wohnen zwar noch Menschen, sie sind verzeichnet im Telefonbuch, aber sie wohnen nicht mehr miteinander. Das läßt sich wohl nicht mehr ändern und ist schon lange so.
Eigenartig ist nur, daß die Vorstellung »Stadt« in unseren Köpfen geblieben ist. Nächste Woche gehe ich nach Weimar, die Stadt Goethes und Herders, Schillers und Wielands, die Stadt, durch die sie gegangen sind. Ich kann mir nicht helfen, schon wieder die Vorstellung von einer Stadt, in der die Leute leben.

Am Radio kommen

Peter von Gunten hat mal vor vielen Jahren einen kurzen kleinen Film gemacht, der sich mir eingeprägt hat für immer. Da sitzen zwei alte Leute oder Leutchen, ein Ehepaar, starr wie auf einem Foto auf einem Sofa, aufgenommen von einer unbewegten Kamera, und hören sich »Im schönsten Wiesengrunde« an. Das ist der ganze Film, und er braucht keinen Kommentar: Jubilare, die sich die Gratulation am Radio anhören. Es bleibt einem dabei nichts anderes übrig, als zu lachen, zu lachen aus Notwehr sozusagen, es ist peinlich, diese Situation erleben zu müssen, hier schmilzt ein ganzes Leben auf die paar Sekunden eines wunderschön kitschigen Liedes zusammen.
Vielleicht ist es dieser Film, der mich fast tagtäglich wieder zwingt, die immer gleichen Gratulationen und immer gleichen Melodien zu hören, in anderen Zusammenhängen jedenfalls würde ich die wenigsten dieser Lieder ertragen und das Radio ausschalten.
Und dann fällt mir immer wieder jenes Gespräch ein, vor vielen Jahren im Militärdienst, als sich ab und zu ein freundlicher Offizier zu uns setzte und plauderte und erzählte. Der Name des Offiziers

ließ darauf schließen, daß er aus einer besseren Familie kam, und das französische »R« in seinem Berndeutsch auch, und er setzte sich wohl auch zu uns, weil ihm das Militär nicht mehr gefiel als uns und jedenfalls weniger als dem Wachtmeister, dem alles, was war, ernst war.

Einmal begann der Offizier von seiner Großmutter zu erzählen, nur so, nur daß eben etwas erzählt wurde, und als er erzählte, daß seine Großmutter 97 Jahre alt sei, unterbrach ihn der Wachtmeister augenblicklich und rief aus: »Dann ist sie schon dreimal am Radio gekommen«, er hatte blitzschnell und richtig gerechnet, jeder andere wäre auf zweimal gekommen.

»Nein, meine Großmutter«, sagte der Offizier, und er betonte deutlich das Wort ›meine‹, »meine Großmutter kommt nicht am Radio.«

Wir anderen verstanden das betonte »meine« oder »unsere« sofort, aber der Wachtmeister begann zu erklären: »Da müssen Sie nur, das ist ganz einfach, auf die Einwohnerkontrolle und sich das amtlich bestätigen lassen und das dann dem Radio schicken, und dann kommt sie.«

»Meine Großmutter nicht«, sagte der Offizier, und der Wachtmeister wurde lauter und heftiger und begann zu verzweifeln und versuchte zu erklären, noch besser zu erklären, und wir hörten ihm zu, und er suchte unsere Hilfe, ob wir denn

nicht bestätigen könnten, daß er im Recht sei und daß man dafür nur eine Bestätigung der Einwohnerkontrolle brauche.
»Meine Großmutter nicht«, sagte der Offizier.
Das war für den Wachtmeister unverständlich, und er redete noch anderntags davon und wollte von uns immer wieder bestätigt haben, daß man nur auf die Einwohnerkontrolle zu gehen habe.
Der Wachtmeister war ein lieber Kerl, wir mochten ihn, aber es fiel uns nicht leicht, ihn ernst zu nehmen in seinem Ernst. Wachtmeister war wohl das Höchste, was er in seinem Leben erreicht hatte, und mehr würde es in seinem Leben auch nicht zu erreichen geben.
So blieb ihm nur das Rechnen. In 65 Jahren also – mit 95, sollte er das schaffen – würde er am Radio kommen, man müßte dann nur auf die Einwohnerkontrolle, und in 15 Jahren wird er das erste Dienstaltersgeschenk bekommen, einen Monatslohn, in 20 Jahren wird er »abgeben«, also seine militärische Ausrüstung abgeben, in 35 Jahren wird er pensioniert sein, in 65 Jahren am Radio kommen. Ich glaube, es ist ihm wichtig, 95 zu werden, nicht alt, aber 95. Und er wird sein ganzes Leben nur verrechnet haben. Er hat ein Geburtsdatum und einen Jahrgang, alles andere muß man nur dazurechnen. Und dann hat er noch ein Tierzeichen, Wassermann, Löwe oder Steinbock oder

so etwas. Darauf ist er auch stolz, ein typischer Löwe, und darauf hat er ein Recht.
Er hat ein Recht darauf, wahrgenommen zu werden, eben als Löwe, als Dienstaltersjubilar, dann als Veteran, dann als Pensionierter und dann eben zum Schluß, man muß nur auf die Einwohnerkontrolle, als 95jähriger.
Horoskope, so scheint mir, haben wohl doch nur damit zu tun, daß wir wahrgenommen werden wollen: Wir sind etwas, wir sind vom Universum gemeint, wir sind Widder. Es gibt Menschen, denen genügt zum Gemeintsein ein Gott. Dem Wachtmeister genügt das nicht, er möchte 95 werden, darauf freut er sich ein langes Leben lang: Am 29. August des Jahres 2032 wird er am Radio kommen.

Beim täglichen Öffnen meines Kühlschranks

Er fährt einen Jaguar, und zwar nicht irgendeinen, und er nennt die Buchstaben und Zahlen, die dem dunkelgrünen Wort Jaguar folgen. Er ist ein erfolgreicher Mann, und das in einem Geschäft, in dem der finanzielle Erfolg nicht selbstverständlich ist. Es gäbe viel zu erzählen über ihn, und er selbst hat viel zu erzählen. Er ist gescheit und unterhaltsam. Das ist auch sein Geschäft, und er übt es auch mit Macht aus. So hat er denn auch Feinde, und seine Feinde identifizieren ihn mit seinem Jaguar, und weil er ein trotziger Mensch ist, tut er das auch – auch er identifiziert sich mit seinem Jaguar.

Begonnen hatte das Ganze vor dreißig Jahren mit einem Ferrari. Den hatte er dann zu finanzieren, und wie schon erwähnt, war er auf Grund seiner Intelligenz in einen Beruf geraten, in dem es in der Regel nicht allzuviel zu verdienen gibt. Ihm aber gelang es, fast ohne es zu wollen, oder nur, weil er sich neben seinem Beruf auch ein Leben gewählt hatte, ein Leben mit Krawatte und Maßanzügen, ein Leben, in dem das, was er zu sagen hatte – und er hatte wirklich etwas zu sagen –, auch Geltung und Wirkung haben sollte.

Und das hat er jetzt davon, er ist nicht beschreibbar. Denn wie ich ihn auch beschreibe, es ergibt ein falsches Bild. Nein, weder ein zu schlechtes noch ein zu gutes – nur ein falsches. Und daß er nicht beschreibbar ist, das macht es seinen Feinden leicht und seinen Freunden schwer. Er ist so etwas wie ein Freund von mir, und Freunde sollten so etwas wie beschreibbar sein.

Dabei ist es immer wieder Sprache, die mich an ihn erinnert, ein Satz, der mir nie mehr aus dem Kopf geht, der sich in mein Hirn gebrannt hat wie ein Werbeslogan, der auch dann noch im Kopf ist, wenn es das Produkt schon längst nicht mehr gibt. Ich öffne jeden Morgen den Kühlschrank, und oben stehen in einer Reihe die Joghurts, und dann fällt mir sein Satz ein: »Toni-Joghurt – bei Toni-Joghurt kann ich nicht widerstehen.« Das war in einer Kantine, wo wir uns trafen zu einem Gespräch – ein schönes und ein gutes und ein wichtiges Gespräch, aber den Inhalt habe ich vergessen. Er ging zur Theke, um sich etwas zu holen, und kam zurück mit seinem Tablett. Darauf standen zwei Joghurt-Becher, und er sagte: »Bei Toni-Joghurt kann ich nicht widerstehen.« Mag sein, daß er das bedeutungsvoll ausgesprochen hat wie ein Connaisseur, der von Krawatten spricht oder von Bordeaux oder weißen Trüffeln, jedenfalls erschreckte mich der Satz, ich wüßte nicht, warum, aber er blieb hängen wie die Drohung eines Lehrers. Jeden Morgen, wenn ich den Kühlschrank öffne …

Mein Tag beginnt mit Kochen. Ich stehe zwar in der Regel früh auf, aber ich erwache langsam. Es dauert einige Zeit, bis die Wörter, die Sprache in den Kopf zurückkehren, der Blick in den Kühlschrank, und schon ist er da, der Satz. Zwiebeln hacke ich nicht mehr so, wie ich es einmal gelernt habe – viel langsamer und viel genüßlicher, eine Art Schnitzerei oder Bastelarbeit, während der dann die Sätze in den Kopf zurückkehren. Und Knoblauch, und schon ist Jean-Pierre Gerwig wieder in meinem Kopf, ein wirklich guter Freund, und ich war sehr stolz auf diese Freundschaft. Er war schon ein bekannter Sportreporter, als ich noch ein Kind war, und ich verehrte ihn glühend. (Das waren noch Zeiten, als man jene verehrte, die davon erzählten, aber eben, damals erzählten sie noch.)

Inzwischen war ich erwachsen, und wir wurden Freunde. Beim Knoblauchschälen fällt er mir ein, fast jeden Morgen. Ich half ihm mal beim Kochen, viel Knoblauch – Tomates provençales –, und ich erklärte ihm, daß sich die Knoblauchzehen besser schälen lassen, wenn man sie vorher halbiert. »Das funktioniert nur bei den ganz frischen«, sagte er. Nun, wir hatten frische, und es funktio-

nierte, und so wichtig war es ja auch nicht, und Rechthaberei verdirbt die Gerichte. Er war der Koch, ich der Zudiener. Es bestand kein Anlaß, ihn darauf aufmerksam zu machen, daß das durchaus auch bei den alten, trockenen Zehen funktioniert, denn die, die wir hatten, waren ja frisch.
Nach dem Blick in den Kühlschrank und auf die Joghurtreihe also die Zwiebeln, dann der Knoblauch, ein Schnitt durch die ganze Zehe vorerst, und schon ist er da, der Satz von Schampi: »Das funktioniert nur bei den ganz frischen.«
Max Frisch in einem Fragebogen in seinem zweiten Tagebuch: »Wenn Sie an Verstorbene denken: wünschen Sie, daß der Verstorbene zu Ihnen spricht, oder *möchten* Sie lieber dem Verstorbenen noch etwas sagen?«
Der Satz von Frisch fällt mir ein, wenn ich Knoblauch schäle. Es fällt mir ein, daß ich vor dem Tod von Schampi keine Gelegenheit mehr hatte, ihm zu sagen, daß es sich auch lohnt, alte Knoblauchzehen vor dem Schälen zu halbieren. Käme er zurück, hier rein durch die Küchentür, dann würde ich ihm das sagen und vielleicht nur das.
Ich glaube nicht, daß ich damit den Satz, der seit Jahren in der Luft hängt, der mich seit Jahren fast täglich erreicht, loskriegen würde, er ist eingebrannt in der Schale meines Hirns. Der Satz quält mich nicht, er verfolgt mich nicht, er belastet mich

nicht, aber er ist da für immer – für immer und für nichts. Ich fürchte mich nicht einmal davor, daß er eines Tages wichtig werden könnte, groß, einzigartig und wichtig, wenn ich auch weiß, daß mich dann niemand mehr verstehen würde.
Ich mag Fremdsprachen. Ich kann am Radio stundenlang Russisch hören oder Portugiesisch – einfach Menschen, die sprechen, die irgendetwas sprechen, und ich bin inzwischen überzeugt, daß meine langjährige New-York-Begeisterung letztlich mit Sprache zu tun hat, mit einer Vorstellung von Sprache, mit Hollywood und Karl May, mit Hemingway auch und mit Sherwood Anderson. Jedenfalls war meine Verehrung für jene, die diese Sprache sprachen, die Sprache Sherwood Andersons, groß – und erst als sie sich nach und nach aus dem Nebel des Nichtverstehens löste, als sie nach und nach etwas meinte, nahm meine Verehrung für jene, die sie sprachen, ab. Erst als die Fremdsprache sich nach und nach aufschlüsselte, wurde sie mir fremd.
Die ersten Sätze am Morgen in meiner Sprache, die mir nach und nach beim Zwiebelschälen in mein Hirn tropfen, diese Sätze, die aus Wörtern bestehen, die ich durchaus kenne, die einen Sinn ergeben, aber sinnlos sind, erinnern mich daran, daß mir die Sprache, die ich spreche, in der ich lebe, einmal unverständlich war. Meine Mutter

muß eine wunderbare Sprache gehabt haben, damals, als ich sie noch nicht verstand. Und die ersten Sätze, die mich erreichten, müssen die Qualität von jenem Joghurt-Satz gehabt haben, der mir jeden Morgen in mein Hirn tropft, am Morgen, wenn die Sprache wieder beginnt, am Morgen, wenn die Sprache wieder ist, was sie am Anfang war – nur Sprache, nur etwas, das an Menschen erinnert.

Und alles ist ganz anders

Irgend etwas stimmt nicht im Vatikan. Was wirklich war, das werden wir nie erfahren, und sollten wir es doch erfahren, wie können wir dann erkennen, daß das, was wir erfahren haben, die Wahrheit ist? Es könnte aber auch durchaus sein, daß da einer dem Wahnsinn verfiel, zwei Menschen umbrachte und sich dann selbst richtete.
Es könnte durchaus sein – zum Beispiel –, daß eine englische Prinzessin bei einem Autounfall, überhöhte Geschwindigkeit, in einem Tunnel in Paris zu Tode kam. Daß das kein erfreuliches Ereignis ist, da sind wir uns wohl doch alle einig, es ist unerfreulich, daß die Prinzessin zu Tode kam. Trotzdem, uns bleibt der Verdacht, daß es für einzelne erfreulich gewesen sein könnte.
Und ja, mit Recht, auch ich habe mich längst daran gewöhnt oder gewöhnen lassen, daß alles nicht so ist, wie es ist – daß alles ganz anders ist.
Irgendwie habe ich das Gefühl, ich war dabei, als Lee Harvey Oswald den amerikanischen Präsidenten John F. Kennedy ermordete. Ich lebte damals, 1963, in Berlin, und wir saßen in einer Kneipe, als wir die Meldung im Radio hörten. Die Wirtin überredete uns, am Trauerzug zum Schöneberger Rat-

haus teilzunehmen. Sie spendierte noch eine Flasche Sekt, vom Besten, sagte sie, aber nur unter der Bedingung, daß wir hingingen. Wir gingen hin und waren dabei. Der Bürgermeister Willy Brandt sprach. Ich glaube, wir waren erschüttert: Kennedy war tot, und damit war das Triumvirat Papst Johannes–Chruschtschow–Kennedy, in das wir unsere Hoffnungen setzten, zu Ende. Vorläufig war aber nur Kennedy tot. Später wurde dann Oswald von einem Barbesitzer erschossen, und der Barbesitzer starb im Gefängnis, und Oswald konnte es vielleicht ganz sicher eventuell gar nicht gewesen sein.

Ein Telefon, morgens früh, die junge Freundin eines uralten Freundes, die ich zwar nicht kenne, aber von der ich weiß. Sie ist Ärztin. Sie braucht dringend Hilfe. Sie hat die Gabe, hinter die Gesichter von Menschen zu schauen, und sie hat einen Massenmörder entdeckt, er ist Schweizer, und weil ich auch Schweizer bin, soll ich ihr helfen. Die Polizei müsse man ausschalten, ein Komplott. Aber auch sie weiß nicht, wie ich helfen könnte. Aber man kann doch Mörder nicht frei herumlaufen lassen. Sie belästigt mich, das Telefon klingelt dauernd.

Ich rufe einen gemeinsamen Freund an, er weiß davon – doch, sagt er, es könnte etwas daran sein, sie habe diese Gabe, hinter die Gesichter

von Menschen zu sehen. Ist er denn auch verrückt? Oder bin ich es?
Vor vielen Jahren war ich bei einem Mordprozeß. Es gab nur einen Angeklagten, und er war vorverurteilt durch eine Unterhaltungssendung des Fernsehens. Mir fiel nur auf, daß er sich bei seinen Aussagen immer wieder verstolperte, er sagte immer wieder »wir« und korrigierte gleich auf »ich«, und den Richtern, das fiel mir auf, wollte nichts auffallen, er erwähnte auch einen Namen immer wieder, und dieser Name stand weder in den Voruntersuchungen, noch war jemand mit diesem Namen als Zeuge geladen. Sein Vor- und Nachname waren alles andere als häufig. Ich nehme an, daß er der einzige ist, der so heißt.
Zwei Jahre später finde ich den Namen auf einem Konzertplakat – nein, nicht klassisch – und beschließe, mir den Mann anzuschauen. Ich reise also in jene Stadt, finde das Lokal, habe die Türfalle schon in der Hand und entschließe mich, ihn doch nicht sehen zu wollen. Das war mein Glück. Ich konnte mich inzwischen mit anderem beschäftigen als mit Verschwörungstheorien. Der andere war längst verurteilt, und zwar milde. Und was ist denn die Wahrheit? Die Wahrheit ist wohl schon die, daß die Macht nicht bei den Mördern liegt, mächtig sind andere – vielleicht jener mit dem eigenartigen Namen. Ich habe ihn zufällig getrof-

fen vor einem Jahr, ich habe aufgehorcht bei seinem eigenartigen Namen, ich habe ihn lange beobachtet, und ich habe nichts gesehen, weder auf seinem Gesicht noch hinter seinem Gesicht. Der damals Verurteilte hatte jemanden gedeckt – Rockerehre –, davon war ich überzeugt. Inzwischen glaube ich, daß auch dieser Name nur die Funktion hatte, eine weitere falsche Spur zu legen. Aber irgendwo saß die Macht, die gedeckt wurde, und diese Macht wird nie ein Gegenstand unserer Rechtsprechung sein.

Ja, etwas stimmt nicht im Vatikan. Das haben wir doch inzwischen gelernt, daß da, wo die Macht ist, auch die Korruption ist und daß jene, die an der Macht sind, die Macht selbst nicht haben. Die Macht korrumpiert, und die Macht ist korrupt. Das wissen wir, was nützt es uns? Auch unter diesen Bedingungen kann es ganz gewöhnliche Abläufe geben. Nur sind wir daran nicht interessiert. Die Macht hat spannend zu sein. Sie ist es – leider.

Auf der Suche nach Buchstaben

Auf dem Weg nach Weimar fuhr ich mit dem Zug an Eisenach vorbei. Ich riß das Fenster herunter, wollte die Stadt sehen, sah keine, rannte auf die andere Seite, dann wieder zurück, suchte die Wartburg, der Zug mußte sich schon weit von Eisenach entfernt haben, und ich suchte immer noch. Enttäuscht und trotzig beschloß ich, Eisenach nicht sehen zu wollen, ein schwerer Entscheid, aber um so mehr ein endgültiger Entscheid: Ich gehe nicht nach Eisenach! Und wie bei allen schweren Entscheiden fühlte ich mich hinterher erlöst: Nein, ich muß nicht nach Eisenach!

Wir hatten zu Hause das große Lutherbuch, es stand neben der Bibel, und ich blätterte als kleines Kind fast täglich darin herum, und später, auf der Suche nach Buchstaben in dem buchstabenarmen Haus, las ich es auch immer wieder und wurde dabei selbstverständlich fromm. Das war aber sozusagen nur eine Nebenwirkung, denn eigentlich ging es um etwas anderes, es ging um Welt. In diesem Buch war für mich die Welt, die richtige Welt, die zu Hause nicht war. Und Marin Luther war die Welt und Wittenberg und die Wartburg und Eisenach, und ein Stahlstich von dieser Stadt brannte sich ein in mein Hirn, Eisenach wurde zur Stadt meiner Sehnsucht. Daß sie dann schon bald »unerreichbar« in der DDR lag, machte mir die Sehnsucht leicht, denn ich dachte mir, daß ich hingegangen wäre, hätte ich ohne Umstände hingehen können.

Auf Weimar aber freute ich mich. Weimar gehörte nicht zu meinen kindlichen Sehnsüchten, und »Hermann und Dorothea« besaßen meine Eltern nicht. So bin ich denn etwas erwachsener durch Weimar gegangen, aber immerhin mit der Furcht, Weimar könnte mich zum Touristen machen. So verzichtete ich dann auf Stadtplan und Reiseführer und beschloß, nur das zu sehen, was ich halt herumspazierend sehe.

Und nur von einer Sache hoffte ich, daß sie mir begegnen würde, das Haus von Herder, oder genauer: die Tür zum Haus von Herder, jene Tür, an die der junge Jean Paul geklopft hatte, als er zum ersten Mal in Weimar war, jene Tür, vor der er von Herder unter Tränen umarmt wurde und damit aufgenommen wurde in die Welt der großen Geister.

Ich hatte am ersten Abend mit Weimar nichts im Sinn, ich wollte nur noch ein bißchen frische Luft und ein Glas Wein, und ich suchte nichts, nur eine Kneipe. Das Haus Goethes sah ich von weitem und machte vorläufig einen großen Bogen darum herum. In einer kleinen Gasse hinter der Kirche

– die guten Kneipen sind in kleinen Gassen und nicht selten in der Nähe von Kirchen – fiel mir ein Haus auf, und es zog mich an. Ich las die Tafel neben der Tür, das Haus Herders, bin ich vielleicht durch Zufall denselben Weg gegangen wie Jean Paul? Vor dieser Tür also stand er, an diese Tür klopfte er, abends wohl, nach einem tagelangen Fußmarsch von Hof nach Weimar. Ich stand lange da, und ich sah nur noch die Tür, und ich hatte Gänsehaut, und mein Kopf war voller Buchstaben, die Buchstaben von Jean Paul. Eigentlich hätte ich gleich abreisen sollen. Es hätte mir genügen sollen, den Weg gekreuzt zu haben von einem, der Herder und Goethe besuchte und nicht nur herkam, um ihren Nachlaß zu begaffen.
Aber ich hatte am anderen Abend hier noch zu tun, und so blieb mir – leider – ein weiterer Tag, um mir anzuschauen, was die Touristen hier anschauen. Dabei hätte ich mich besser einschließen sollen in mein Hotelzimmer und jene Bücher lesen sollen – »Die grönländischen Prozesse«, »Die geheime Loge« –, für die Herder den Jean Paul vor ebenjener Tür unter Tränen umarmte.
Ich hätte mich daran erinnern sollen, daß Eisenach in meinem Kopf nicht eine wirkliche Stadt war und ist, sondern ein Stahlstich in einem Buch, das später, als ich lesen lernte, ein Buch voller Buchstaben wurde.

Aber eben, fremde Städte machen hysterisch, wenn man schon da ist, dann will man sie auch sehen. Und zu Hause ist man da, wo man die Sehenswürdigkeiten noch nie gesehen hat. Immerhin, Tourist sein, das möchte man dann doch nicht, und so machte ich am anderen Tag erst mal einen Spaziergang um die Stadt herum, ging durch einen Park, stand plötzlich vor einem Haus, das mir bekannt vorkam, das Gartenhaus Goethes, das ich mir immer im Garten seines Hauses vorgestellt habe und das mich nun hier überraschte. Ich ging durch den Garten, stand auf dem Kieselmosaik nach pompejanischem Vorbild, das sich Goethe vor der Haustür hat legen lassen und auf dem er wohl auch stand, überlegte mir lange, ob ich das Haus betreten sollte, tat es dann doch, und es war auch nicht so schlimm, das Haus war fast leer, fast ohne Möbel, und die paar Möbel, die noch hier standen, waren nicht seine, nur ähnliche aus der Zeit. Ich konnte mir hier etwas vorstellen, ich konnte mir hier einen Schreibenden vorstellen. Und damit hätte ich es bewenden lassen sollen, aber in der Stadt stand eben noch jenes Goethehaus, ich habe es erst betreten nach zwei Kneipenbesuchen und wohl nur, weil ich außerhalb der Touristenzeit hier war.
Es ist ohnehin unanständig, in fremden Häusern herumzugaffen, wenn einen der Hausherr nicht dazu eingeladen hat, ich hätte darauf verzichten

sollen, denn mein Goethe hat hier nicht gewohnt, mein Goethe wohnt in Büchern, in den »Wanderjahren«, die ich herzlich liebe, in seinen Briefen auch, in denen er kein Toter ist, sondern lebt und von seinem Garten und seinen Gartenarbeiten erzählt und von seinen Tapeten und vom Tapezieren.

Mein Eisenach ist eine Stadt in einem Buch, und mein Weimar ist eine Stadt in Büchern. Marin Luther ist ein Mann aus Buchstaben. Irgendwie hat er sie auch erfunden, die »Schrift«, wie mein Großvater die Bibel noch nannte. Mit dem Goethe in seinen Büchern kann ich meine Scherze treiben, ich kann ihn verspotten und ich kann ihm widersprechen, ich kann ihn loben und ich kann ihn verehren. Hier aber, hier in Weimar, ist er nur tot.

Als ich vor Jahren in Middleburry in Vermont war, kam jemand auf die Idee, dort in der Nähe, Breadloaf hieß der Ort wohl, das Haus von Robert Frost, dem großen Lyriker, zu besuchen. Wir fanden das Haus, das inzwischen ein kleines Museum war. Wir klopften, und eine freundliche Frau öffnete die Tür, und wir, fünf Personen, erklärten ihr, daß wir das Haus anschauen möchten. Sie führte uns in das Haus, zeigte uns das Wohnzimmer, die Küche, einen Arbeitsraum, das Schlafzimmer und die Kinderzimmer, und als einer von uns dann fragte, wo er denn gearbeitet

hätte, fragte die Frau überrascht: »Wer?« Und wir sagten: »Robert Frost.«
»Robert Frost«, sagte sie, immer noch freundlich, immer noch lächelnd, »Robert Frost, das ist drei Häuser weiter.«
Wir haben dann, nach diesem schönen Besuch in einem fremden Haus, beschlossen, das andere fremde Haus, jenes von Frost, nicht zu besuchen.

Und alles demokratisch

Kaum eine Abstimmung fiel mir so schwer wie jene über die Genschutz-Initiative. Nein, nicht etwa das Ja oder das Nein, sondern die Abstimmung selbst. Es war zum voraus keine Abstimmung, denn alle, die mitstimmten, wußten, daß sie über das, was sie abstimmen möchten, nicht abstimmen können, wohl nie mehr werden abstimmen können – nämlich über die Macht.

Das war einmal die Vorstellung von Demokratie, daß mit ihr die Macht beim Volk wäre, und das ist die Hoffnung vieler unterdrückter Völker, daß sie mit der Demokratie die Macht bekämen.

Nein, ich beklage mich nicht über die Ablehnung, ich würde die Annahme der Initiative ebenso beklagen. Aber diese Abstimmung – und nicht nur diese – macht mir schmerzlich bewußt, daß die Macht schon längst nicht mehr beim Staat ist, und ohne Staat kann das Volk die Macht auch nicht haben. Die Macht ist bei den Reichen, und der Staat ist arm. Und die Wirtschaft duldet den Staat nur noch, weil er arm ist. Schuldensanierung – darüber haben wir auch abgestimmt –, das gibt es auch für arme Schlucker, die zum Beispiel mit Kleinkrediten in Bedrängnis gekommen sind. Sie ist zwar in der Regel hoffnungslos und nutzlos, weil sie immer nur die Ausgaben betreffen kann und nicht die Einnahmen. Der arme Schlucker wird auch nach der Sanierung ein armer Schlucker bleiben. So kann denn der Staat Gesetze erlassen, verbindliche Gesetze, aber sie ändern den Lauf der Welt nicht – den Lauf der Welt bestimmen die Mächtigen, und der Lauf der Welt heißt ungebremstes Wachstum und ungebremste Arbeitslosigkeit. Schuld an dieser Arbeitslosigkeit sind dann wieder jene, die die Macht nicht haben, der Staat und wir.

Nun haben wir in der Schweiz zum mindesten eine kräftige, ja fast gesunde demokratische Tradition, und sie wird sich sicher noch einige Zeit halten, denn die Mächtigen haben nichts gegen Traditionen, im Gegenteil, Traditionen beschwichtigen das Volk. Solange wir Schwingfeste haben – ich gehe gern zu Schwingfesten –, sind wir immerhin Schweizer. Solange wir Demokratie haben, sind wir immerhin ein freies Volk. Und »Wollt ihr Demokratie oder Arbeit« ist vorläufig noch nicht die Alternative – ich hoffe, noch lange nicht, aber ich hoffe nur.

Die drei strahlenden Bundesräte nach der Abstimmung haben mir diesmal nicht gefallen. Ich kann da, auch bei umgekehrten Resultaten, nicht mitlachen. Und daß die Initiative »Schweiz ohne Schnüffelstaat« so hoch abgelehnt wurde, kann ich verstehen. Vielleicht wollten hier Demokratinnen und Demokraten dem Staat die Macht geben, die er braucht, die er brauchen würde, wenn er sie hätte.

Im Speisewagen des Zugs von Genf nach Zürich sitzen die Manager, Jungmanager. Sie führen laut und deutlich, Offiziersschule, ihre bedeutenden Gespräche. Einer telefoniert mit Amerika, sein Englisch ist perfekt und laut und deutlich, er teilt dem anderen mit, ihm die erfreuliche Mitteilung machen zu können, daß der Vertrag auf bestem Wege sei, es scheint um Millionen zu gehen, laut und deutlich, wir sollen das alle mithören – die Wirtschaft ist schamlos geworden. Die anderen dürfen ruhig mitbekommen, daß man an der Macht teilhat. Der Manager auf der anderen Seite ist da noch nicht so sicher, keine Offiziersschule, Handelsvertreter wohl, er läßt sich anrufen und gibt Befehle durch, es klingt noch nicht überzeugend, aber er wird es wohl auch noch lernen – oder halt dann nicht.

Warum bringe ich diesen Sepp Blatter nicht aus dem Kopf? Das geht mich doch nichts an, wer in dieser Fifa Präsident ist und ob es ein Schweizer ist. Sein Vorgänger hat mir nicht gefallen, sein Gegenkandidat auch nicht, aber sie legen keinen Wert auf das Gefallen, denn Macht hat auch mit Angstmachen zu tun, der Handelsreisende neben mir

weiß das. Warum fällt mir Blatter ein? Weil auch er demokratisch gewählt wurde? Nein, im Ernst, er wurde demokratisch gewählt.
Und noch etwas, warum hörte ich mit Spannung an jenem Dienstag die Radionachrichten um halb eins, dann um zwei Uhr und dann um drei Uhr, er ist gewählt! Warum interessierte mich das? Vielleicht, weil ich wissen wollte, ob so etwas funktioniert – es funktioniert, die Demokratie funktioniert.
Und noch einmal die Gentechnik: Ich bin bereit, wenn auch zögernd, den Gentechnikern zu glauben, daß sie verantwortungsvoll forschen, nur: Haben sie die Macht? Die Technik, auch die Atombombentechnik, wird weder von der Wissenschaft noch von der Politik verbreitet, sondern von jenen, die die Macht haben, von der Wirtschaft. Und Macht ist nur Macht, wenn sie Machtmißbrauch ist.
Und noch etwas: Nein, ich habe nicht resigniert. Ich bleibe Demokrat, unter allen Umständen – so wie ich unter allen Umständen Sozialist geblieben bin.

Die Hoheitszeichenstempler

Kürzlich ist mir wieder ein Spiel eingefallen, das wir als Kinder mit Leidenschaft – wenn auch mit eher gelangweilter Leidenschaft – betrieben haben: CH-stempeln.

Es war kurz nach dem Krieg, die ersten richtigen Autos fuhren wieder, und sie waren noch einigermaßen selten. Wenn wir also auf der Straße standen, sämtliche Spiele schon durchgespielt hatten und nicht mehr wußten, was wir noch tun könnten, sagte einer: »Komm, wir gehen CH-stempeln.« Wir gingen also runter zur Aarauerstraße, warteten auf Autos und schauten ihnen nach, und wenn dann ein Auto ein CH-Schild hatte – auch das war selten unter den seltenen –, riefen wir »CH« und stempelten es. Das ging so, daß wir den rechten Daumen mit der Zunge netzten, richtig naß mußte er sein, mit dem Daumen die Handfläche der linken Hand befeuchteten und mit der rechten Faust in die linke Handfläche schlugen und dazu eben riefen: »CH«. Das war ein ernstes Ritual und mußte exakt ausgeführt werden. Selbst ich als konsequenter und hoffnungslos unverbesserlicher Linkshänder schlug mit der rechten Faust in die feuchte linke Handfläche, gegen Abend konnte das sogar

weh tun, harte Arbeit, ähnlich dem gelangweilten, aber offiziellen Ernst, mit der das Postfräulein die Briefe stempelt, ähnlich in unseren Ohren fast auch das Geräusch.
Was mich hinterher und in der Erinnerung an dieses Spiel überrascht und auch fasziniert: Es hatte keine Bedeutung, außer vielleicht der, daß wir uns dabei wohl ein bißchen bedeutend vorkamen. Es war kein Wettbewerb damit verbunden, wir zählten die Stempel nicht, es hatte nichts Magisches, es brachte weder Glück noch Unglück, es war nur so etwas wie die Nachahmung einer zwar in Realität nicht existierenden, aber durchaus ernsten Arbeit. Ich bestaune uns hinterher dafür, daß wir dazu fähig waren. Wir hatten damals wohl noch nicht begriffen, was uns Schule und Umgebung beibringen wollten.
Aber inzwischen sind wir erwachsen: Meine Enkelin hat mir ihren Game-Boy ausgeliehen, ich wollte mal wissen, was das ist und wie es funktioniert. Verflucht, es ist Ernst daraus geworden, bitterer Ernst. Ich bin bereits süchtig und stehe in hartem Konkurrenzkampf zu mir selber. Ich habe inzwischen begriffen, was mir die Schule beibringen wollte, vielleicht könnte man mit einem Tee oder etwas Ähnlichem die Reaktionsschnelligkeit verbessern.
Zülles rührende und durchaus nachvollziehbare

Zweifel an seinem Doping-Geständnis hatten wohl damit zu tun, daß er wußte, daß er mit seinem Geständnis am System nichts ändern werde. Es wird nichts ändern, weil Sport schon längst nicht mehr eine Initiative zum Leben ist, sondern das Leben selbst, an dem Millionen hängen, Millionen von Menschen und Millionen von Franken. Gerettet muß da weder die Sportlichkeit noch der Anstand oder die Sauberkeit werden, sondern nur die Sache selbst, der Sport – und die Sache wird gerettet werden. Oder glauben Sie, wir hätten die Chance, auch nur ein einziges Spiel der besten Tennisspielerin der Welt am Fernsehen zu sehen, wenn ihr Spiel nicht Millionen umsetzen würde. Und die zweite Frage: Würde es uns überhaupt interessieren, wenn es nur ein Spiel wäre? Ja, ja, ich schaue das auch an. Ja, ja, ich mag Pantani auch. Ja, ja, sie rühren mich auch, die Männer und Frauen auf dem Treppchen. Auch ich bin interessiert daran, daß die Tour de France wieder stattfindet – es ist halt so spannend, zuzuschauen, wie es ums Überleben geht. Und was schluckt man nicht alles, um zu überleben? Die Tour de France wird überleben müssen, die Funktionäre werden überleben müssen, wir alle wollen überleben und der Staat auch und seine Justiz auch, und das Überleben macht nicht nur die Radrennfahrer krank, sondern uns alle – eigenartig, daß ausgerechnet Überleben krank macht.

Nein, Sport ist kein Spiel. Erwachsene können nicht spielen. Wir hatten Glück damals nach dem Krieg an der Aarauerstraße in Olten. Es gab damals noch keinen internationalen Verband der Hoheitszeichenstempler, kein Sekretariat mit Generalsekretär, wir hatten nicht mal einen Trainer, aber wäre das Stempeln zu verbessern gewesen, zum Beispiel mit einem Tee, der die Speichelproduktion verbessert hätte ... aber es war nichts zu verbessern, es war bedeutungslos. Dabei waren wir durchaus schon in jener Schule, die uns beizubringen hatte, daß nur, was bedeutend ist, auch etwas bedeutet. Wir hatten es nicht begriffen.
Und nicht einmal ein Bundesrat – es gab schon damals Bundesräte – hätte sich dafür eingesetzt, daß die Internationalen Spiele der Hoheitszeichenstempler ins Wallis gekommen wären.
Ich weiß, ich bin ein Miesmacher. Mir fehlt das positive Denken. Und mit dem positiven Denken beginnt alles – auch das Doping. Aber Sie sollten mich mal am Game-Boy meiner Enkelin sehen – da bin auch ich durchaus erwachsen.

Jörg Steiner, Stadtschreiber

Die Schweiz wird in diesem Herbst Gastland der Buchmesse in Frankfurt sein. Die Schweiz? Und schon beginnt die hysterische Drängelei. Endlich werden wir sichtbar, endlich werden sie international auffällig, die Hunderte von Schweizer Dichtern. Und nach ein paar Tagen wird alles vorbei sein, wird alles viel Geld gekostet haben, und zurückbleiben wird nach dem großen Trara ein zum mindesten kleiner Katzenjammer.
Einer aber war schon da in Frankfurt, ein ganzes Jahr lang und für die Schweiz in aller Stille, der Schriftsteller Jörg Steiner aus Biel. Er war für ein Jahr lang der Stadtschreiber von Bergen-Enkheim, einem Stadtteil von Frankfurt, und wurde dort vor einer Woche von über zweitausend Leuten in einem Festzelt verabschiedet. Journalisten aus ganz Deutschland waren dabei, ein Gedränge von Fotografen, die deutsche Presse berichtete von einem großen Ereignis, die Schweizer Presse aber war daran nicht interessiert. Die warten auf »ihr« Ereignis im Herbst und werden wohl dann ein paar zynische Zeilen, wie ich hier, darüber verfassen.
Was nicht schweizerisch ist, ist für Schweizer offensichtlich ohne Interesse. Jörg Steiner war nicht

von der Pro Helvetia bezahlt, nicht vom Eidgenössischen Amt für Kultur, nicht von der Pro Literis. Er war Gast der Stadt Frankfurt, wurde verabschiedet von der Frankfurter Oberbürgermeisterin, gefeiert in Reden, und die Bergen-Enkheimer bedauerten, daß Steiners Jahr schon zu Ende war. Er selbst hat in diesem Jahr ein paar Bergener liebgewonnen und die Bergener ihn. Die Verabschiedung durch die zweitausend Anwesenden war von überwältigender Herzlichkeit.

Aber was ist das, ein Stadtschreiber? Niemand weiß das so recht, die Bergen-Enkheimer nicht und auch sicher Jörg Steiner nicht, der ein Jahr lang der Stadtschreiber von Bergen war.

Erst mal ist das einer der angesehensten Literaturpreise Deutschlands mit einer schönen Preissumme, und zudem wird dem Preisträger ein Häuschen zur Verfügung gestellt, ein Häuschen, das man benützen kann, wie man will, oder das man auch nicht benützen kann, wenn man nicht will. Benützt man es, dann kann unter Umständen der angesehene Preis zu einem anstrengenden werden, die Bergener reden gern von einem Schriftsteller zum Anfassen.

Verbürgt ist nur die Geschichte dieses Preises. Dem Bergener Franz Josef Schneider, selbst ein Schriftsteller und Mitbegründer der Gruppe 47, ist er vor 25 Jahren eingefallen. Er wollte damit Literatur zu den Leuten bringen – ein naives und zweckloses Unternehmen, würde auch ich geglaubt haben, aber Bergen-Enkheim ist inzwischen wirklich eine Gegend, die von der Existenz der Literatur weiß, Jörg Steiner kennt man hier, und es ist eine Gegend, in der gelesen wird, viele hier haben Jörg Steiner inzwischen gelesen.

Aber vorerst hatte Franz Josef Schneider die Idee auch den Bürgern und Politikern beliebt zu machen. Da kam ihm die Politik selbst zu Hilfe. Es war die Zeit, als rings um Frankfurt viele kleine und größere Gemeinden nach Frankfurt eingemeindet werden sollten, unter ihnen auch Bergen-Enkheim. Die meisten wehrten sich vehement und erfolglos dagegen. Die Bergener aber wußten, daß sie diesen Kampf verlieren würden, und sie verlangten von der Stadt, daß sie – eingemeindet – eine eigene Kulturgesellschaft bekommen sollten und als Symbol der Eigenständigkeit sozusagen die Einrichtung des Stadtschreibers. Vor 25 Jahren trat der erste, Wolfgang Koeppen, sein Amt an – ein Fremder, denn noch war Literatur den Bergenern fremd, und es kamen später noch fremdere, Dichterinnen und Dichter aus Österreich, aus Rumänien, aus der damaligen DDR, Norddeutsche und Süddeutsche. Aber das politische Ziel wurde erreicht – Bergen-Enkheim ist in der deutschen Literatur ein Begriff: Ein kleiner Ort, wie es noch

Hunderte gibt in Deutschland, hat sich sichtbar gemacht. Seine kulturelle Eigenständigkeit ist größer als je zuvor.

Das ist ein Wunder, daß ein kleiner und wohl auch kleinbürgerlicher Ort auf die Idee kommt, seine Eigenständigkeit damit zu bewahren, daß er das Fremde, die Literatur, zu sich holt – daß er die Fremden, die Schriftsteller, holt. Eigenständigkeit durch das Fremde bewahren, das ist ein verwegenes Modell, ein sehr modernes oder vielleicht gar ein antiquiertes.

Über zweitausend Leute feierten letzte Woche nicht nur Jörg Steiner, sondern auch sich selbst – die stolzen Bergen-Enkheimer, die so stolz sind auf sich und ihr Modell.

Jörg Steiner ist zurückgekehrt in die Schweiz. Er wird hier mehr ein Fremder sein als in Bergen.

Und wem dieser Satz sauer aufstößt, dem schlage ich vor, die Bücher Jörg Steiners zu lesen – den »Kollegen« zum Beispiel –, das Eigene im Fremden zu suchen, auch das ein Thema Jörg Steiners. Er gehört zu den wichtigen zeitgenössischen Autoren der Schweiz. In einem kleinen (Entschuldigung, fast häßlichen) Ort in Hessen hat er Leser gefunden. Er hätte sie schon längst in der Schweiz verdient. Nur eben, die Eigenständigkeit im Fremden zu suchen, das ist uns Schweizern noch immer fremd.

Er konnte kein Französisch

Daß Clowns eigentlich und persönlich traurige Menschen sind, ist nicht nur ein hartnäckiges Klischee – auf unzähligen Kitschbildern mühsam festgehalten –, sondern eine Selbstverständlichkeit. Was sollte man ihnen denn für ein Leben erfinden, wenn nicht ein trauriges? Ich kannte zwar einen bösen, gemeinen und hinterhältigen, und dann kannte ich einen anderen, der war privat genauso wie in der Manege, der lachte genau gleich, der sprach genau gleich. Er war ein wunderbarer Clown, aber wenn man ihn privat kannte, mußte man an seiner Kunst zweifeln – er konnte gar nicht anders. Nun bestätigen, wie man weiß, die Ausnahmen die Regel, und wenn es nur noch Ausnahmen gibt – bei Minderheiten zum Beispiel: Juden, Jugos, Schwarze, Schwule –, dann bestätigt das die Regel nicht nur, sondern es erhärtet sie. So einfach ist das – leider.

Und nachdem die Clowns im Grunde genommen traurig sind, sind wohl die Boxer im Grunde genommen sanftmütig. Jedenfalls kannte ich einen solchen. Seine Erfolge als Boxer lagen Jahrzehnte zurück, ein kleines, altes Männchen mit einem großen ovalen Kopf, der tagaus, tagein leuchtete

wie eine sanfte Abendsonne. So war er auch: ein Zufriedener und ein Freundlicher. Er hieß Beaujolais, und das bestellte er auch, wenn er in die Kneipe kam, ein Gläschen Beaujolais. Und die Leute nahmen an, daß er deshalb diesen Spitznamen hatte. Aber in Wirklichkeit hatte er ihn schon als Boxer, weil er Bosetti hieß und die Leute sich seinen Namen nicht merken konnten. Ich war einer der wenigen in der Kneipe, die noch davon wußten, daß er einmal ein großer Preisboxer war. Und er selbst sprach nicht davon, und wenn man ihn aufforderte, es zu bestätigen, strahlte er nur übers ganze Gesicht und schüttelte den Kopf, was die Uneingeweihten als Verneinung interpretierten, er aber meinte: Ach, lassen wir das.
Einmal, Beaujolais war schon über achtzig, machte ich irgendeine Bemerkung, um ihn zu necken, und Beaujolais sagte strahlend: »Paß auf, ich hau dir eins!«
»Da habe ich keine Angst«, sagte ich, »du hast sicher noch nie jemanden geschlagen, außer im Ring.«
Beaujolais wurde still und besinnlich, schaute vor sich hin und sagte dann: »Ja, das stimmt – das hat gestimmt bis vor zwei Wochen«, und dann langsam und zögernd, er erzählte es wohl zum ersten Mal, »da ging ich unten beim Theater ins Pissoir, und da kam ein Bursche auf mich zu, ein Kopf grö-

ßer als ich, und der sagte: ›Gib mir dein Portemonnaie, oder ich hack dich zusammen.‹ Da habe ich links ausgelegt und eine rechte Gerade geschlagen, und er lag in der Schüssel.«

»Aber Beaujolais«, sagte ich.

»Ja«, sagte er, »ich bin ganz schön erschrocken, ich habe doch gar nicht gewußt, daß ich das noch kann.«

»Und der andere, der ist wohl auch erschrocken«, sagte ich.

»Ich bin dann noch einmal zurückgegangen«, sagte Beaujolais, »und habe ihm den Puls gefühlt, er lebte noch.«

Nein, er war nicht stolz darauf, er war erschüttert. Worüber? Über vieles, aber am meisten wohl doch darüber, daß etwas in ihm drin war, von dem er nichts wußte.

Bobby war auch ein Boxer, ein berühmter Amateurboxer in den Dreißigerjahren. Er kämpfte zweimal um die Europameisterschaft, und auch er wurde uralt. Auch er ein angenehmer Bürger und bei allen beliebt, wenn auch ein bißchen von oben herab behandelt. Halt der Bobby, halt einer, der schon immer da war, ein leidenschaftlicher und guter Kartenspieler. Und er hatte wohl nur eine auffällige Eigenart: Er konnte nicht verlieren, und er konnte zu üblen Tricks greifen, wenn er am Verlieren war. Dies aber wohl nicht aus Ehrgeiz, sondern weil ihn die paar Batzen reuten, die er als Verlierer hätte bezahlen müssen. Eigenartigerweise war er außerhalb des Kartenspiels großzügig.

Einmal sagte er zu mir: »Du, ich habe zu Hause noch so Zeitungsausschnitte, die kannst du sicher brauchen. Ich bring sie dir.«

Und er kam anderntags mit einem Mäppchen voller Ausschnitte, einen über fleischfressende Pflanzen, einen über Bergheuer, einen über die Rentierzucht der Lappen, und ich sagte ihm, daß er die doch selber aufbewahren müsse, das seien seine Ausschnitte, ich könne damit nichts anfangen. Das enttäuschte ihn sehr, und er sagte, daß sie noch hochinteressant seien. Da sagte ich: »Du hast doch sicher noch Zeitungsausschnitte von Berichten über deine Boxkämpfe.«

»Meine Schwester hat das gesammelt«, sagte er, »aber ich glaube nicht, daß sie die noch hat. Ich habe sicher nichts mehr.«

»Gegen wen hast du denn um die Europameisterschaften gekämpft?« fragte ich ihn, und er sagte: »Das ist es ja eben, ich kann kein Französisch, und das war ein Franzose, und ich konnte mir schon damals den Namen nicht merken – und die anderen kannten ihn ja, den Namen.«

»Wo haben die Kämpfe dann stattgefunden?«

»Nicht in Paris und nicht in Marseille, das hätte

ich mir merken können, aber eben, ich kann kein Französisch.«

Nein, Bobby war kein Trottel, er war ein gewitztes, schlaues Männchen, gescheit, interessiert und lustig, ein hervorragender Erzähler und einer, der Zeitungsausschnitte sammelte. Er konnte wirklich nur kein Französisch. Und ich stellte mir vor, wie stolz ich gewesen wäre, damals in den Dreißigerjahren sein Freund gewesen zu sein, Bobby Wolf, dessen Kämpfe im Radio kommentiert wurden, dessen Bild in der Zeitung stand.

»Wie ist das denn, Bobby, wenn man einmal so berühmt gewesen ist als junger Mensch und dann nach und nach vergessen wird?« Er schaute mich an, sagte, daß er mich nicht verstehe.

Ich wiederholte die Frage, und er sagte: »Ja, ich hatte sogar so Karten mit meinem Bild zum Unterschreiben.«

Und ich wiederholte die Frage.

»Ja, ja, da gab es viele gute Boxer damals in Solothurn«, sagte er. Und er zählte die Namen auf, voller Bewunderung.

Es war nichts zu machen, er verstand meine Frage wirklich nicht. Er war der Bobby Wolf, der ein Leben lang bei der Firma Zetter gearbeitet hatte, Spezialist für Kiesklebedächer, da machte ihm keiner was vor, ein hervorragender Kartenspieler, ein Kneipengänger, einer, der die Frauen gern sah, der

Bobby Wolf, da gab es nur einen, der so hieß. Und er verehrte alle, mich, weil ich ein Schriftsteller bin, den Bäri, weil er der beste Schreiner ist, die Serviertochter, weil sie so gescheit ist, und den Wirt, weil er der Wirt ist.
Und er war der Bobby, das stand mal fest.

Die Schönheitsköniginnen

Vor Jahren besuchte ich eine junge Frau nach einer ihrer vielen Operationen im Spital. Ich ließ mir die Zimmernummer geben, klopfte und trat ein, und da lag eine andere Frau. Ich entschuldigte mich und wollte gehen. Da sprach sie mich an, es war ihre Stimme, aber sie hatte ein anderes Gesicht, weil sie ungeschminkt war. Es war nicht das Gesicht, das ich seit Jahren kannte, und ich sprach jetzt mit einer Fremden, die die Stimme einer Frau hatte, die ich kannte. Die »Fremde« hatte ein wunderschönes Gesicht, ein schöneres als jenes, das sie sich seit Jahren aufschminkte.

Nein, ich habe ihr nicht gesagt, daß mir ihr »richtiges« Gesicht noch besser gefällt als ihr geschminktes. Aber beschäftigt hat es mich noch lange. Sie war eine schwerkranke Frau, die mit Schmerzen lebte. Davon wußten nur wenige, und jene, die sie sonst kannten, hielten ihre Stöcke wohl für eine Marotte oder für Simulation. Sie schien mit ihnen kaum den Boden zu berühren, bewegte sich elegant, tänzerisch – und niemand, auch ich nicht, bemerkte, daß sie ohne Stöcke überhaupt nicht hätte gehen können. Sie war eine muntere, fröhliche, lustige Frau, übermütig und frech. Und eigentlich war sie das alles nicht, sie spielte es nur, und sie spielte es leidenschaftlich, sie spielte ein Leben, und das Leben war ihr zu einem Spiel geworden. Dazu gehörte auch ihre Maske, ihr aufgeschminktes Gesicht.

Zufällig fand ich kurz darauf im Gerümpel ein paar Schminkstifte. Aus lauter Langeweile, so glaubte ich, setzte ich mich vor einen Spiegel und begann mein Gesicht zu verändern. Sehr bald fiel mir dabei jene Frau ein. Und dann fiel mir auch eine andere Person ein, nämlich ich mir selbst. Ich begann mich mit meinem Gesicht zu beschäftigen und erschrak bei der Vorstellung, daß ich das vorher noch nie getan hatte. Ich begann eine richtige Kur, eine Schminkkur, besorgte mir jetzt auch weitere Farben, Pinsel und Schwämme, saß vor dem Spiegel und schminkte mich. Und wenn das neue Gesicht, es wurden immer Clowns, fertig war, wischte ich das Ganze runter und staunte, was für ein Gesicht unter der Schminke hervorkam, mein eigenes – mein eigenes?

An der Busstation wartet neben mir eine Frau, eine Schönheitskönigin, eine der Tausenden von Schönheitsköniginnen. Es ist Donnerstag, Abendverkauf in der Stadt, Korso der Schönen auf der Straße vor dem Warenhaus. Vor ein paar Wochen noch war sie ein Kind. Jetzt hat sie sich eine Frau auf das Kind geschminkt, wunderschön übertrieben, eine kalte Schönheit, zwei kleine Haarsträhnen im Gesicht – perfekt. Und nur die Kaugummiblasen erinnern an das Kind unter der Maske, da bläst ein Kind Blasen durch die aufgeschminkte Frau hindurch. Das Kind geht heute mit unzähligen anderen und gleichen zusammen Schönheitskönigin spielen in der Stadt.

Keine der Kandidatinnen für die Miss Schweiz unterscheidet sich auch nur ein bißchen von ihnen, und das ist recht so, denn alle haben ein Recht darauf. Und wenn nicht alle gleich wären, dann wäre der Wettbewerb ungerecht.

Die Kandidatinnen posieren dann auch im Badeanzug, damit nicht etwa eine die ungünstige Figur mit günstigen Kleidern kaschiert – allerdings posieren sie nicht barfuß, was doch dem Badeanzug angepaßt wäre. Und wenn schon die Jury das Bedürfnis hat, darunter zu schauen, damit keine kaschieren kann, warum denn posieren die Damen nicht ungeschminkt, damit man auch einmal unter die Maske schauen könnte, damit keine kaschiert? Ganz einfach, weil das Ganze nicht ernst ist. Hier wird nichts und niemand ernst genommen. Das ist ein Spiel, nur ein Spiel, und ein Spiel spielt man in Masken.

Deshalb wohl auch wollen die Schönheitsköniginnen, befragt nach ihren Plänen, eine Schauspielschule besuchen, weil Spielen mit Masken zu tun hat, und Maskentragen sind sie gewohnt. Sie wollen in die Schauspielschule und dann wohl zum Film. Nur, ich habe im Kino noch nie solche Frauen gesehen. Wie kommen die Schönheitsköniginnen auf die Idee, daß Filmschauspielerinnen so aussehen wie sie?

Ein Mädchen in unserer Nachbarschaft, das sich selbst als häßlich empfand, schrieb vor vielen Jahren ihrem verehrten Sänger Roy Black einen Brief und bat ihn um ein Autogramm. Und weil sie selbst »häßlich« war, bat sie das schönste Mädchen in der Gegend um ein Foto und klebte dieses Foto auf den Brief. Ich fand das eine himmeltraurige Geschichte, eine der traurigsten Geschichten, die mir je begegnet sind.

Inzwischen aber frage ich mich, ob es wirklich das Bild einer anderen war.

Die Sucht verlieren

Als Othmar Götschi am 3. Juni 1998, einem Mittwoch, um zehn nach sechs erwachte, wußte er noch nichts davon. Er stand auf, machte sich einen Kaffee, setzte sich an den Tisch, starrte vor sich hin, dann ging er zur Arbeit, dann kam er von der Arbeit, dann erwachte er am 4. Juni 1998, einem Donnerstag, um zehn nach sechs, machte sich einen Kaffee, setzte sich an den Tisch, starrte vor sich hin, ging und kam von der Arbeit, und erst am Freitagabend fragte ihn seine Frau: »Sag mal, Othmar, rauchst du nicht mehr?« Othmar erschrak. Er hatte es selbst nicht festgestellt. Dem Othmar war eine Sucht abhanden gekommen. So einfach ist das, eines Tages raucht man nicht mehr. Die Frau freut sich, die Kollegen gratulieren, der Hausarzt ist zufrieden.

Im Ernst, ich fürchte mich davor, daß mir eines Tages eine Sucht abhanden kommen könnte. Und ich fürchte mich davor, daß ich es wohl gar nicht bemerken würde.

Kürzlich fragte mich ein Freund, der liest, was ich denn im Augenblick lese. Ich erschrak dabei, mich selbst ertappt zu haben, daß ich im Augenblick nichts lese, und ich erwähnte das Buch, das ich vor einiger Zeit gelesen hatte, »Candide« von Voltaire, denn ich wollte vor meinem Freund nicht den Eindruck erwecken, daß ich kein Süchtiger mehr bin, daß ich es – endlich – geschafft habe, ohne Buchstaben zu leben. Ist mir die Lesesucht abhanden gekommen? Und wenn, wann war das, an welchem Mittwoch und um welche Zeit? Denn eine Sucht verschwindet nicht nach und nach, das ist ein Entweder-Oder. Der Gedanke, daß ich kein Süchtiger mehr bin, ist mir unerträglich. Wie schaffe ich es, rückfällig zu werden? Wer führt mich zurück in die Sucht?

Nein, ich will hier nichts verharmlosen. Ich kenne Süchtige, die sich seit Jahren mit kaum etwas anderem befassen als mit der Hoffnung, davon loszukommen. Und ich kenne meine gefährlichen Süchte. Eines Tages werden sie weg sein, so oder so. Sie werden auch weg sein, wenn sie mich umgebracht haben.

Nur habe ich gehört – und das hat mir auch eingeleuchtet –, daß es ein grundsätzliches Suchtverhalten gibt, daß also Alkoholsucht und Nikotinsucht etwas miteinander zu tun haben können, und viele andere Süchte auch. Ich kenne es selbst durchaus, dieses Suchtverhalten, und ich habe keineswegs gelernt, mit Süchten umzugehen – bei mir ist es ein Entweder-Oder –, viel oder nichts.

Etwa mit zehn, elf Jahren fing es an, ich wurde

süchtig, buchstabensüchtig, ich fraß Buchstaben bis zur Vergiftung: blaue Ränder unter den Augen, Schlaflosigkeit, Konzentrationsschwäche in der Schule und zudem noch schwach in der Rechtschreibung. Ich las so schnell, daß ich nicht mitbekam, wie es geschrieben ist. (Heute rauche ich so schnell, daß ich nicht mitbekomme, wie es schmeckt.) Ich las alles, was mir vor die Augen kam, erst mal das ganze Lexikon meines Vaters, die Bibel und alles andere, was noch so an Gedrucktem zu Hause herumlag, viel war es nicht, aber immerhin. Wie schön war es doch, zu lesen, als man das Gute noch nicht vom »Schlechten« unterscheiden konnte, als Adalbert Stifter und Courths-Mahler – die fand ich schon bald in der Bibliothek – noch dasselbe waren, eben Buchstaben, die man verschlang. (Als der Rotwein noch Rotwein war, nur Rotwein und nichts anderes.)
Ich höre am Radio eine Diskussion zwischen einem Vertreter der Tabakindustrie und einem Gegner des Rauchens. Der Gegner spricht von Sucht, der Befürworter von Genuß. Der Befürworter hat unrecht, wäre Rauchen ein Genuß, ich hätte es längst aufgegeben. Gewohnheit ist etwas weit Höheres als Genuß, Gewohnheit ist die alltägliche Art, das Leben zu verbringen. Das Leben, das für jene kurz ist, die es kurzweilig gestalten, und lang für jene, die es langweilig gestalten.

Ich habe mich schon als Kind für das »lange« Leben entschieden, für ein Leben mit langen dicken Büchern, für ein Leben mit Buchstaben, die man aneinanderreihen muß, einen nach dem anderen, täglich Tausende. (So wie man auch Zigaretten aneinanderreihen kann.)
Ob das gescheit ist? Nein, das ist wohl nicht sehr gescheit, und ich bin überzeugt, daß nicht nur Drogensüchtige, sondern auch Leser soziale Kosten verursachen, sie verträumen das Leben, sie stolpern mit ihrem Tolstoi im Kopf über die Straße und gefährden sich und den Verkehr, sie schneiden sich in die Finger, sie bewegen sich zu wenig.
Trotzdem, mein Leben wäre mir zu kurz gewesen ohne Buchstaben. Aber ich stelle fest, daß mir ihre Dringlichkeit nach und nach abhanden kommt. Ich lese immer noch, aber die Sucht ist mir abhanden gekommen.
Vielleicht geht jetzt auch das Rauchen weg – und dann auch der Rotwein. Vielleicht erwache ich eines Tages wie Othmar Götschi und bin nicht mehr süchtig. Davor fürchte ich mich.

Das Metzgerspiel

Eine lange Bahnreise durch Norddeutschland, Schleswig-Holstein – ich habe das schon mal beschrieben: Die Landschaft sollte mir fremd sein, und die Leute, die ich hier treffe, sprechen mich auch darauf an: »Sie könnten hier wohl nicht leben, Sie als Schweizer, Sie würden wohl schon bald Ihre Berge vermissen.« Meine Berge? Ich habe keine Berge. Und eigenartigerweise ist mir diese Landschaft hier in Norddeutschland nicht fremd, sondern vertraut wie fast keine. Es ist eine der Landschaften aus meiner Kindheit, mein geliebtes Zusammensetzspiel, neun Würfel, mit denen man sechs verschiedene Landschaften, offensichtlich norddeutsche Landschaften, zusammensetzen konnte. Ich bin als Kind stundenlang auf diesen Bildern herumgereist.

Nun kann das Gewohnte, das, in dem man wohnt, das Gewöhnliche, auch langweilen, und ich schaute nach einer langen, ermüdenden Reise gelangweilt in die Landschaft, im Wagen waren nur noch drei andere Personen, spanische Arbeiter wohl, die sich angeregt unterhielten. Ich hörte ihnen zu, auch wenn ich kein Wort verstand – ich mag Fremdsprachen, ich höre gern Fremdsprachen, ich stelle mir vor, wovon gesprochen wird, und mache mir die »entsprechenden« deutschen Dialoge im Kopf. Vielleicht kann ich deshalb fast keine Fremdsprachen. Es kann auch etwas verlorengehen, wenn man versteht, es kann eine Welt im Kopf verlorengehen. So freute ich mich zwar in Amerika über meine zunehmenden Englischkenntnisse – es ist, wie wenn man Licht am Ende des Tunnels erblickt –, aber meine Amerikabegeisterung nahm mit zunehmenden Sprachkenntnissen ab – Amerika wurde Wirklichkeit und fand nicht mehr in meinem Kopf statt.

Ich hörte also mit meinem deutschsprachigen Kopf den Spaniern zu, bildete mir ein, sie zu verstehen, und erfand mir ihr Gespräch. Ich schaute zum Fenster des Zuges hinaus und war in Spanien. Ich stellte fest, daß ich mir Spanien anders vorgestellt habe und daß das Spanien, das ich kenne, anders aussieht, um so mehr begann mich die Landschaft zu interessieren, vielleicht die Mancha, die hätte ich gern einmal gesehen. Die langweilige Reise durch Norddeutschland wurde zum Vergnügen, ich freute mich, in Spanien zu sein, in einem Spanien, das ich noch nie gesehen hatte – und wohl auch außer mir niemand.

Wenn ich mich langweile bei irgendwelchen Versammlungen, einer großen Versammlung von Schriftstellern zum Beispiel, dann mache ich ab und zu das »Metzgerspiel«. Ich stelle mir vor, daß hier nicht über die Berufsbedingungen von Schriftstellern diskutiert wird, sondern über die von Metzgern, und daß die Anwesenden nicht Schriftsteller wären, sondern Metzger. Die Diskussion beginnt mich augenblicklich zu interessieren. Ich verstehe die Fachausdrücke nicht mehr – Verleger, Lektor, Honorar, Lizenzen. »Honorar« ist wohl, stelle ich fest, der Preis für Kälber, Lebendgewicht; ein Lektor vielleicht ein Viehhändler. Viel spannender aber sind die Anwesenden. Die Leute, die eben noch Schriftsteller waren, sind jetzt Metzger. Und sie sehen plötzlich auch so aus – diese Nase, dieses Kinn, diese Hände. Die meisten kräftig und gemütlich, kaum einer brutal – Metzger sind nicht brutal. Und der Kleine mit der randlosen Brille und dem korrekten Scheitel ist wohl der Sohn einer Großschlächterei, er hat Volkswirtschaft studiert und schickt sich an, den Betrieb seines Vaters zu übernehmen. Die hübsche, zierliche Frau hat wohl nach dem Tode ihres Mannes die Metzgerei weitergeführt, später sogar vergrößert, inzwischen sogar zwei Filialen in der Gegend eröffnet, eine tüchtige Frau. Nein, niemand hier sieht so aus, als würde er nicht in die Versammlung der Metzger gehören. Ich habe mir zwar vielleicht Metzger anders vorgestellt, aber eben, Metzger sind nicht so, wie man sie sich vorstellt. Oder wollen wir es

versuchen mit einer Versammlung von Seiltänzern, einer Versammlung von Gorillaforschern, von Kunststopfern? Keiner und keine, der oder die nicht in die Versammlung passen würde. Und es wäre doch schön, einmal eine Versammlung von Seiltänzern beobachten zu können: Der Dicke vorne rechts übrigens ist ein ehemaliger Seiltänzer, inzwischen betreibt er eine Artistenagentur.
Ich schreibe dies im Zug zwischen Solothurn und Genf, ein fast sonniger Tag, ein fast nebliger Tag, »diffus« nennt man wohl dieses Licht. Vor dem Fenster jetzt nur noch Bäume, einige Birken dazwischen, ich sitze in der transsibirischen Eisenbahn, kurz nach Moskau, ja genau so habe ich mir das vorgestellt.
Oder ganz einfach: Erinnern Sie sich. Sie lagen als Kind im Bett, schlossen die Augen und versuchten sich vorzustellen, daß das Bett umgekehrt steht, das Fußende nicht mehr zur Tür, sondern zum Fenster. Und langsam drehte sich das Bett, und Sie lagen in der falschen Richtung. Dann die Augen öffnen, und flugs steht das Bett wieder richtig. Ausprobieren, wie es wäre, wenn es nicht so wäre, wie es ist. Der Kellner im Speisewagen übrigens ist sehr freundlich. Die Russen sind sehr freundliche Menschen.

Paris ist gar nichts

Ein Leser beklagt sich über meine letzte Kolumne. Ich kann ihn verstehen. Da fährt einer mit der Bahn von Solothurn nach Genf und vergißt dabei plötzlich, daß er sich in der Schweiz befindet. Ein paar Birken erinnern ihn an die Transsibirische Eisenbahn, mit der er in Wirklichkeit noch nie gefahren ist. Nun bildet er sich ein, durch Rußland zu fahren. Und der Leser stellt fest, daß dieser Schreiber ein »Gnusch im Fadechörbli« habe. Das verstehe ich.

Aber ich bitte um eine weitere Chance, auch wenn ich weiß, daß ich den Leser auch damit nicht zufriedenstellen kann. Also eine weitere Fahrt von Solothurn nach Genf. Ja, der Leser hat recht. Eine wunderschöne Landschaft: der Jura mit weißen Flecken, die Rebberge sind zu jeder Jahreszeit ein neues Erlebnis, das wechselnde Grün ihres Bodens, die Seen, die Alpen. Heute sind sie nicht strahlend, sie liegen in leichtem Dunst, ja sie sind schön.

Nur eben – und schon kann mein entsetzter Leser wohl nicht mehr meiner Meinung sein –, auch das, auch der großartige Anblick der Alpen findet in meinem Kopf statt, sie sind nicht einfach an und

für sich schön, mein Kopf muß sie als schön entdecken und als schön empfinden.
Das war nicht einfach immer so, daß die Menschen die Alpen als schön empfanden: Sie empfanden sie als schrecklich, bedrohlich, beängstigend, wild und chaotisch, und die noblen Leute, die sich in Sänften über die Alpen tragen ließen, zogen die Vorhänge zu, um das Schreckliche und Erschrekkende nicht sehen zu müssen.
Im 18. Jahrhundert hat dann ein Berner, Albrecht von Haller, die Alpen für die Welt entdeckt. Er hat ein großes Gedicht, »Die Alpen«, geschrieben, das von den Gebildeten seiner Zeit mit großer Überraschung gelesen wurde. Er öffnete ihnen die Augen, und von da an waren die Alpen schön. Die Menschen lernten durch Albrecht von Haller die Berge anders sehen. Mein entsetzter Leser wird mir das nicht glauben, und ich selbst habe Mühe, es zu glauben. Ich blicke über den Genfersee, die Alpen sind wirklich schön.
Und jetzt mache ich halt noch einmal das, was mein Leser nicht mag: Ich versuche mir etwas vorzustellen – ich schaue und schaue und versuche, die Alpen als schrecklich und häßlich zu empfinden. Und mein Versuch ist total erfolglos. Ich kann es drehen, wie ich will, ich kann schauen, wie ich will, ich kann denken, wie ich will, es gelingt mir nicht, das Bild in meinem Kopf herzustel-

len, das die Menschen vor Albrecht von Haller von diesen Alpen hatten. Sie sind nun für mich und alle anderen ein für allemal wunderschön.
Was wir in unseren Köpfen haben, sind selten eigene Beobachtungen. Immer wieder andere haben es für uns einmal beobachtet, und wir beobachten es ihnen nur nach und halten dann fremde Beobachtungen für eigene. Ja, ja, auch ich. Auch mir passiert das. Wir leben von und mit Vorurteilen. Daß die Alpen schön sind, das ist mir ein liebes Vorurteil, aber es gibt auch andere.
Sehen ist noch lange nicht entdecken. Selbstverständlich haben die Leute die Alpen schon vor Haller gesehen. Ihre Schönheit aber hat er für sie entdeckt.
So bitte ich denn darum, mir in meinem Kopf eine ganz andere Welt vorstellen zu dürfen. Wenigstens versuchen zu dürfen, es ganz allein und ganz neu zu sehen. Keine Angst, es gelingt mir selten.
Im Wagen sitzen auch zwei ältere Männer. Offensichtlich Pensionierte mit Generalabonnement, die sich ab und zu in der Bahn zufällig treffen. Sie erzählen sich von ihren Reisen. Der eine sagt, daß er nächstens mal nach Paris wolle. »Paris ist gar nichts«, sagt der andere, »meine Schwester war kürzlich da, sie war sehr enttäuscht, es hat ihr gar nicht gefallen.«
In Genf habe ich dann zwei Züge übersprungen

und bin spazierengegangen. In Paris war ich noch nie. Trotzdem, ich stelle mir Paris schön vor. Hier in Genf fällt mir das ein. Dann die Rückfahrt. Der Nebel ist jetzt dichter, rötlich gefärbt durch die untergehende Sonne, der See nur noch erahnbar, die Berge sind weg. Eine märchenhafte Stimmung – könnte das nicht irgendwo oder überall sein?
Mein Großvater war ein weitgereister Mann. Er hat die Schweiz in seinem ganzen Leben nie verlassen. Aber er hat seine Reisen mit dem Zeigefinger auf dem Atlas gemacht und sich Welten vorgestellt. Sein Afrika, er erzählte oft davon, muß wunderbar gewesen sein.

Ein außerordentlich flugtüchtiger Engel

Änneli ist gestorben, das Änneli – nicht die Anna, nicht die Anna Gygax, wie sie nun heißt in der kleinen Notiz unter Todesfällen –, das Änneli, sächlich, eine Sache also. Viel gibt es über sie nicht zu sagen, sie ist neunzig geworden, das ist schon fast alles.

Und ich weiß nicht viel mehr über sie. Trotzdem, sie hat einen Nachruf verdient. Die Pfarrerin, die sie beerdigen soll, hat mich schon angerufen, sie hat gehört, daß ich sie kenne aus der Kneipe. Ich kann der Pfarrerin nicht helfen, ich kann ihr nur sagen, wie sie ausgesehen hat, vielleicht noch, wie sie war. Sie war einfach da wie eine Sache. Und man wird sie vermissen in der Stadt wie eine Sache, wie ein Haus, das weder historisch noch schön war und auch sonst keine Bedeutung hatte. Und das einzige, was von ihm noch einige Zeit bleibt, ist die Erinnerung daran, daß hier einmal ein Haus stand. Das Haus selbst wüßte nicht mehr über sich selbst, es hätte keine Geschichte. So wie auch Änneli kaum etwas über sich zu erzählen gehabt hätte. Ich glaube, sie wußte von sich selbst nicht mehr als wir. Aber sie war das Änneli, alle in der Stadt wußten das, und irgendwie waren alle ir-

gendwie stolz darauf, daß sie wußten, daß das das Änneli war.
Sie hat jedenfalls einen Nachruf verdient. Und weil es von ihr nichts zu erzählen gibt, ist die Tageszeitung ungeeignet für einen Nachruf. So schreiben wir ihn hier auf Kunstdruckpapier und stellen das Änneli ins »Plateau«, mitten hinein in Aufsätze, die es nicht verstanden hätte, auch wenn es die Buchstaben gekannt hätte, mitten hinein in Bilder, die ihm nicht gefallen hätten. Da gehört es hin, denn die Welt, in der es gelebt hat, war ihm kein bißchen weniger fremd als diese.
Alle kannten das Änneli. Es aber kannte niemanden. Die Leute seiner Umgebung hatten keinen Namen. Sie hießen Du – »Du, Mann«, »Du, Frau«. Nur einer hatte einen Namen, der Kari. (Eigenartig, männliche Namen bleiben im Schweizerdeutschen auch in der Verkleinerungsform männlich, weibliche Namen werden in der Verkleinerungsform sächlich.) Der Kari Gygax war ihr Mann. Er war ihr Mann, aber alle hielten ihn für ihren Freund. Man hielt sie für zwei, die im Alter durch Zufall zusammengekommen sind. Man wollte sie nicht als Paar, sie war das Änneli, er war der Kari. Und sie waren alt, das war alles, was sie waren.
Sie gingen täglich in die Kneipe, das kleine Änneli mit schnellen festen Schritten auf seinen Säbelbeinen, der lange Kari an seinem Stock mit müdem,

schleppendem Gang drei Meter hinter ihr, sie schnell, er langsam, und der Abstand blieb dabei immer derselbe – drei Meter. Sie sprachen kaum miteinander oder höchstens darüber, was sie bestellen sollten, auch wenn es immer dasselbe war, er ein Bier, sie einen Tee. Und dann wurde der Kari gefragt, ob er jetzt gehen wolle oder ob er noch bleiben wolle, und Kari murrte etwas Unverständliches. Irgendeinmal stand er dann unvermittelt auf, nahm seinen Stock und ging langsam zur Tür. Sie schnellte auf, rannte ihm nach, überholte ihn, um den Abstand von drei Metern wiederherzustellen, und sie gingen nach Hause, sie schnell, er langsam, mit immer demselben Abstand.

Und nur etwas paßte nicht ins Bild, ab und zu sangen sie zusammen in der Kneipe, Jodellieder mit unzähligen Strophen in wunderschönen Küchenterzen, und sie waren beide sehr stolz darauf, daß sie jodeln konnten, und sie bekamen auch Applaus, aber aufgefordert zum Jodeln wurden sie eigentlich nie.

Das Jodeln war das einzige, was nicht ins Bild passen wollte. Denn das waren sie eigentlich, ein Bild, ein stummes Bild, das sich einem einprägen mußte, das vielleicht nichts bedeutete, aber da war.

Vor zehn Jahren, als Änneli achtzig wurde – sie erzählte ein Jahr vorher und ein Jahr nachher kaum von etwas anderem, Alter war ihr Thema, Alter

war ihr Leben –, sagte sie allen, daß sie nur einen Wunsch habe, daß der Kari sie überlebe, und das sagte sie so, wie wenn sie es auswendig gelernt hätte in der Schule, wie ein Gedicht. Und als dann der Kari bald darauf starb, erzählte sie allen, daß der Kari gestorben sei, und auch das, wie wenn sie es auswendig gelernt hätte, und sie brach nicht zusammen, und sie ging den gleichen Weg, genau gleich schnell. Und sie jammerte später nur über den Tod von Kari, wenn sie einen Tee bezahlt haben wollte, und den kriegte sie dann auch. Was die Leute tun rings um sie, wußte sie nicht, aber alle waren lieb, die Fixer und die Säufer und die Damen und die Herren. Sie aber arbeitete ein Leben lang hart als Putzfrau, stapfte mit Kessel, Taschen und Besen durch die Stadt, und Kari ging hinter ihr, blieb dann in der fremden Wohnung in einer Ecke stehen und wartete, bis sie geputzt war, und ging dann wieder hinter ihr. Und als er starb, änderte sich nichts an ihrem Gang. Sie putzte jetzt nicht mehr und bekam ihr Geld von der Fürsorge und wußte nicht, wie das alles funktioniert.
Sie fragte den ganzen Tag, sie fragte und fragte und verstand die Antworten nicht. »Früher«, sagte sie, »war da unten an der Ecke eine Bank, da konnte man Geld holen, aber die Bank ist jetzt nicht mehr dort, und ich weiß nicht, wo sie ist.« Und sie forderte alle auf, doch mit ihr zu kommen

und die Bank zu suchen, wo man Geld holen könne. Nein, Änneli war weder debil noch dumm, sie war gewitzt, sie brachte sich durch, sie war kräftig, und wäre sie hundert geworden oder zweihundert, niemand hätte sich gewundert, Häuser werden mitunter auch alt, und zwar vor allem jene, die bereits alt sind.
Und das war sie, das Änneli, sie war ein Leben lang eine alte Frau, niemand – auch die Ältesten in der Stadt nicht – erinnerte sich daran, daß Änneli einmal jung war.
Ich trage seit Jahren in meiner Brieftasche ein Foto von ihr herum. Sie hatte mir das Foto einmal geschenkt, und sie wußte, daß ich es mit mir herumtrage, und forderte mich immer wieder auf, es allen zu zeigen.
Auf dem Foto steht ein kleines Mädchen, ärmliches Sonntagskleid, mit zwei dünnen, rachitischen Beinchen in zu großen Nagelschuhen neben einer Ziege. Das Kind kann nicht älter sein als zwölf, aber es hat den Kopf einer alten Frau, den Kopf von Änneli – alle erkennen sie gleich. Das kleine arme Kind und die alte Frau waren damals fünfunddreißig. Dazu fällt mir nichts ein, aber es beschäftigt mich.
In der kleinen Notiz über ihren Tod steht auch ihr lediger Name: Karbowski. Niemand hat je diesen Namen gehört. Vielleicht ist dieser Name ihre Ge-

schichte, die niemand kennt, vielleicht auch sie selbst nicht.
Etwas aber ist mir nach dem Tod eines Menschen noch nie passiert. Ich stelle mir das schnelle und kräftige Änneli immer wieder fliegend vor. Sollte es wirklich Engel geben, Änneli wird ein außerordentlich flugtüchtiger Engel sein.

Warum nicht Pusterla?

Es kann passieren, daß sich die einfachsten Namen davonstehlen. Ich sitze in einer Diskussion zu irgendeinem literarischen Thema und sage: Der Dings hat einmal gesagt – helft mir –, wie heißt er, der Autor des »Faust«, der »Wahlverwandtschaften«, und niemand flüstert mir zu »Goethe«, weil sich niemand vorstellen kann, daß mir ausgerechnet dieser Name abhanden gekommen ist.

Aber dann gibt es auch jene Namen, die sich mir ohne jeden Grund einprägen, immer wieder da sind, wenn ich mein Hirn nach einem Namen durchstöbere, die einfach da sind für nichts und die auch an fast nichts erinnern – Pusterla.

Dabei weiß ich nicht einmal, wie Pusterla ausgesehen hat, weiß nicht, wo das war und wann das war – einfach nur ein Name. Immerhin, jener Pusterla hat etwas gemacht, was mich beeindruckte, nämlich nichts.

Vor vielen Jahren einmal tauchte er bei einem Leichtathletik-Meeting auf und lief die 100 Meter in einer sensationellen Zeit – ein bisher Unbekannter, eine Entdeckung, ein Talent, eine Hoffnung für den Schweizer Sport, für Olympische Spiele und Weltmeisterschaften.

Er aber wollte weder entdeckt noch gefördert, noch berühmt und gefeiert werden. Er war nur einer, der schnell läuft, und trainieren, um noch zwei schäbige Hundertstel schneller zu sein, wollte er nicht. Pusterla war ein Name, der ganz kurz aufblinkte und verschwand. Etwa so, wie wenn ein bisher völlig unbekannter siebzehnjähriger Schweizer in Kitzbühel die Abfahrt gewinnen würde und dann sagen würde – kurz vor der Weltmeisterschaft: »Das genügt, mehr will ich nicht, es interessiert mich eigentlich nicht.« Es ist anzunehmen, daß er von da an in unserem Land unter Polizeischutz leben müßte. Man würde ihm nicht verzeihen, daß er sich nicht zur Verfügung stellt, und es stehen zu viele in der Schlange, die von nichts anderem träumen als von einer Olympia- oder Weltmeisterschaftsmedaille.

Träume, Träume – sie erinnern mich an jenen kleinen Buben, der, als er gefragt wurde, was er werden wolle, antwortete: »Ich weiß es noch nicht, aber etwas mit Publikum.« Ich nehme an, daß er so etwas wie Zirkusclown oder Musiker, Schauspieler oder Sänger gemeint hat, denn er wird wohl noch nichts davon gewußt haben, daß es für alles so etwas gibt wie eine Karriere, den gehetzten Lauf nach oben, und daß man sich dabei anzustellen und seinen Platz in der Reihe zu verteidigen hat und daß man nur so die Chance hat, etwas zu werden, nämlich irgend etwas, denn die Reihe jener, die sich anstellen, ist lang, und wo die Reihe schließlich ankommt, kann zufällig sein. Man hat im richtigen Augenblick in der richtigen Reihe an der richtigen Position zu sein.

Ja, ja, können muß man auch etwas, wenn möglich mehr als die anderen. Man muß einen Ausweis haben wie in allen Schlangen der Welt. Und dann gibt es Anforderungsprofile. Die sind wichtig für die Wahltaktiken. Und zum Schluß wird einer gewählt, und der freut sich dann.

Ja, von den Bundesratswahlen wollte ich schreiben. Jetzt ist mir die Einleitung zu lang geraten. Ich kenne das, Einleitungen werden dann lang, wenn einem zum Thema nichts einfällt.

Erst beim Schreiben habe ich entdeckt, daß mir dazu nichts einfällt. Das ist betrüblich und entsetzt mich. Denn schließlich leben wir in schwierigen Zeiten des Umbruchs. Wir brauchen eine starke, kräftige, mutige, handlungsfähige Regierung. Vorläufig stehen aber nur ein paar Namen zur Verfügung, und sie stehen in der Reihe, unabhängig davon, ob die Zeiten schwer sind und die Hoffnungen groß, sie stehen einfach in der Reihe. Und sie werden von den Medien befragt und machen sich lächerlich durch durchschaubare Diplomatie – Bedenkzeit – und können dabei kaum verbergen, daß es unbedingt sein muß.

In der Bundesrepublik Deutschland hat sich wenigstens nur einer der Lächerlichkeit der Auswahl und des Wahlkampfs auszusetzen, der Bundeskanzlerkandidat, die anderen, die Fachminister, wählt er sich dann aus.
Ja, ich weiß, ich habe nur von Männern geschrieben. Bewußten Frauen mag das zu Recht unangenehm aufgefallen sein. Ich tat das absichtlich, weil nämlich in Sachen Gerangel in der Schlange nur von Männern die Rede ist. Vielleicht weil die Politik der Frauen noch nicht eine so lange Tradition hat. Vielleicht auch, weil Frauen anders wählen und gewählt werden. Eine Frau ist diesmal sozusagen auf Sicher gesetzt, auch wenn man noch nicht weiß, welche. Das Parlament wird sie wohl akzeptieren oder schlucken oder fast einsehen, daß man nicht anders kann. Die Lächerlichkeit des Gerangels der Musterschüler veranstalten nur die Männer. Und sie kommen sich dabei wohl auch sehr männlich vor. Und mit dieser Lächerlichkeit haben wir wohl zu leben und unsere Demokratie auch, unabhängig davon, wie die Zeiten sind und wie die Aufgaben sind in diesen Zeiten.
Ob es anders aussehen würde, wenn es zum vornherein zwei Frauen wären? Vielleicht.

Vom persönlichen Wissen

Waren Sie schon einmal in Venedig? Nein? Woher wissen Sie dann, daß es dort Wasser hat, Kanäle und Gondolieri und Tauben auf dem Markusplatz und eine Rialtobrücke? Und alle wissen das mit Venedig – und alle dasselbe. Das ist einfach so, und das weiß man.

Ich zum Beispiel war noch nie dort. Und ich weiß alles über diese Stadt, ohne daß ich das habe wissen wollen, ohne daß Italien oder Venedig auch nur einmal in der Schule erwähnt worden wären. Ich habe das nie gelernt. Ich weiß nicht, woher ich das weiß. Ich weiß nicht einmal, warum man das wissen muß – aber man weiß das. Alle, eigentlich alle, wissen das – und alle, ohne es gelernt zu haben und ohne es wissen zu müssen. Keiner wird sagen können, woher er das weiß, keine wird sagen können, wann und wo sie zum ersten Mal davon gehört hat. In Venedig gibt es Wasser, und damit basta, das weiß man.

Nur einen ganz kleinen Teil meines Wissens habe ich gelernt, mitunter unter Zwang gebüffelt, und für noch einen viel kleineren Teil meines Wissens habe ich mich frei entscheiden können. Fast mein ganzes Wissen, all das, was eben alle wissen – daß es Wolkenkratzer gibt in New York –, ist mir zugefallen ohne mein Zutun. Trotzdem, von irgendwo habe ich es, aber es ist mir nicht bewußt. Ich halte es – irrtümlicherweise – für mein eigenes, ganz persönliches Wissen.

Von den Skiweltmeisterschaften zum Beispiel möchte ich eigentlich nichts wissen. Ich möchte eigentlich, daß sie mich nicht interessieren, und das, weil sie mich wirklich nicht interessieren. Aber ich komme nicht daran vorbei. Und wenn man nicht daran vorbeikommt, schleicht sich, ohne daß man will, Interesse ein. Doch, doch, auch ich kann mitdiskutieren über Erfolge und Mißerfolge »unserer« Skimannschaft und über ihre Gründe. Es interessiert mich nicht, aber ich weiß es. Und ich kann mich sogar ärgern über die Aussagen von Funktionären.

Nun könnte ich die Herkunft meines »Wissens« in Sachen Skirennen wohl doch leichter eruieren als die Herkunft meines Wissens über Venedig. Ich suche aber die Herkunft nicht, und so bin ich dann, wenn auch ohne Interesse, überzeugt davon, daß das eben mein ganz persönliches Wissen sei, meine persönliche Überzeugung.

Selbst ich, ohne jedes Interesse, habe mich schon dabei ertappt, daß ich wüßte, ohne jedes Interesse, wer im Schweizer Skiverband zurückzutreten hätte.

Eine Umfrage im Radio, was die Leute von den Leistungen der Schweizer an den Weltmeisterschaften halten: Alle wissen ganz genau, was geschehen sollte, wer zurücktreten sollte, und alle halten das für ihre ganz persönliche Meinung, und alle sagen dasselbe. Die persönliche Meinung gleicht der persönlichen Meinung, daß es in Venedig Wasser gibt. Und dann kommt noch der Satz, daß die Medien schuld seien, die eben die Fahrer diffamierten und die Verantwortlichen unter zu großen Druck setzten. Und keinem fällt dabei auf, daß er das, was er weiß, nur und ausschließlich von diesen Medien weiß. Er glaubt eben, es sei – wie sein Wissen vom Wasser in Venedig – sein ganz persönliches Wissen, das von nirgendwo herkommt. Es ist jenes Wissen, das auf uns gekommen ist, ohne daß wir fragen mußten.

So denn noch zum Schluß eine Geschichte des Nichtwissens, eine alte deutsche Dame hat sie mir einmal erzählt. Sie war sehr nobel und mit Dienern und Mägden aufgewachsen, und ihr Bruder und sie trieben ihre Scherze mit den Angestellten.

Eines Tages entschied die Familie, ein halbes Jahr in Venedig zu verbringen in einem großen Palais am Canal Grande. Der Umzug des ganzen Haushalts mit Dienern und Mägden wurde nun vorbereitet. Da ging der Bruder zum naiven Kindermädchen und erzählte ihm, daß die Leute in Venedig

kein Schweinefleisch äßen, auch kein Rindfleisch. »Das sind Kannibalen, die essen nur Menschenfleisch«, erzählte er.
Einen Tag vor der Abreise ging der Bruder wieder zum Kindermädchen und erzählte ihr: »In Venedig gibt es keine Straßen, da gibt es nur Wasser, und man ruft kein Taxi, sondern ein Boot, und man fährt mit dem Boot vor die Haustür.«
Sie aber ließ sich nicht verwirren: »Ach, du erzählst wieder Geschichten«, sagte das Kindermädchen.
Zwei Tage später waren sie in Venedig. Das Kindermädchen verließ das ganze halbe Jahr das Haus nicht.

Gleich neben der Cremeschnitte

Es ist wohl anzunehmen, daß nie mehr eine schönere, eine traurigere und eine unheimlichere Geschichte über das Ballonfliegen geschrieben wird als jene, die Jean Paul vor genau 200 Jahren geschrieben hat, die Geschichte des Luftschiffers Gianozzo, der davon wußte, daß das, was er tat, teuflisch verwegen war, der davon wußte, daß er mit seinem Luftschiff, seinem Ballon, dem Ende entgegenfliegt, und das auch in seinen wirren Eintragungen im Bordbuch festhielt.

Zur Zeit Goethes, um 1800 herum, gab es die Diskussion über den Sinn und Unsinn des Ballonfliegens, und selbstverständlich hielten die Gebildeten es für einen Unsinn. Goethe war da milder und sagte, daß die Menschen doch das Recht hätten, sich ein wenig über die Erdenschwere zu erheben.

Jetzt, wie ich das schreibe, ist der Ballon »Orbiter 3« noch in der Luft, irgendwo in der Gegend von Hawaii – jetzt, wo Sie das lesen, wird der Flug (ich weiß, die »Fahrt«) beendet sein und die Erdumrundung gelungen oder mißlungen. Wozu? Für was? Was haben wir davon? Nicht einmal eine Teflonpfanne wird dabei herausschauen.

Bereits hatte ich mich entschieden, darüber zu

meckern, da fiel mir noch Goethe ein, der »Konservative«, und Jean Paul, der Phantast. Goethe, davon bin ich überzeugt, hätte sich dafür interessiert, und er hätte sich wohl ein Modell des Ballons und der Kapsel beschafft, so wie er sich aus England ein Modell der ersten Lokomotive von Stephenson kommen ließ, um der Sache auf den Grund zu kommen.

»Goethe und die Naturwissenschaften«, zu Dutzenden liegen im Goethejahr entsprechende Bücher in den Buchhandlungen. Aber Goethe selbst wollte nicht als Naturwissenschafter bezeichnet werden – nein, er wollte kein Naturwissenschafter, er wollte ein Naturforscher sein.

»Forscher«, so scheint mir, ist inzwischen ein antiquiertes Wort. Zwar wird noch geforscht, und es gibt auch noch die Forschung, aber in der Forschung arbeiten keine Forscher mehr, sondern Naturwissenschafter. Unser Bubentraum damals war ein ganz anderer, wir wollten Forscher werden, Afrikaforscher wollten wir werden, einfach so mit Löwen und Sahara, und dann Afrikaforscher sein wie David Livingston und dann einfach so forschen, oder Polarforscher wie Nansen und Amundsen, und dann alles im Eis, tagelang, monatelang, und frieren und hungern und forschen, oder sich wie Sven Hedin durch die Wüste Gobi kämpfen. Oder wie Karl May! Und wir stritten

darüber, ob es wahr sei, daß er nie da gewesen sein soll, bei den Indianern – und selbstverständlich war er da, ein richtiger Indianerforscher. Und kein Wissenschafter wird je unser falsches Bild der Indianer verändern können – der »Forscher« Karl May hat sie ein für allemal erfunden.
Und das eben wollten wir werden, Afrikaforscher oder Polarforscher, vielleicht wie Nobile mit einem Ballon, oder war das Amundsen? Und wir hatten alles, fast alles aus Büchern, und wir konnten das uns ausmalen, wie wir wollten, und vielleicht brachten wir ab und zu auch den Nordpol mit Afrika durcheinander und Asien mit dem Südpol, Captain Scott – und schon wieder dieser Amundsen.
Und da gab es noch einen Forscher, der war sogar Schweizer, und der stieg mit einem Ballon in die Stratosphäre (so hieß die, und das wußten wir schon damals) und stellte einen Höhenrekord auf und forschte, und der Himmel war schwarz, ganz schwarz. Das hat er geforscht, staunten wir, daß der Himmel schwarz ist. Und ich erinnere mich, daß ich diesen Auguste Piccard als Kind immer mit Einstein verwechselte oder daß ich glaubte, Einstein und Piccard seien dieselben, eben halt so Forscher mit so Haaren. Und Forscher wollten wir werden.
Auch Goethe war ein Forscher, kein Geologe, sondern ein Steinforscher, kein Physiker, sondern

ein Farbforscher – ein neugieriger Mensch, ein Mensch mit Gier auf Neues, auf Neuigkeiten.
Inzwischen aber leben wir inmitten einer dauernden Inflation von Neuigkeiten, und die Neuigkeit von der Erdumrundung in einem Ballon wird uns nur ein paar Stunden, ein paar Tage beschäftigen und dann bald weggewischt werden von anderen Sensationen. Jener David Livingston aber, der Afrikaforscher, war damals, als er uns so imponierte, schon bald hundert Jahre tot. So lange dauerten damals die Neuigkeiten. Und Piccards Umrundung der Erde hätte die Menschen in der ersten Hälfte unseres Jahrhunderts noch jahrzehntelang beschäftigt.
Heute aber ist es nur noch ein Eintrag ins Guinnessbook der Rekorde, gleich neben der längsten Cremeschnitte der Welt. Das ist traurig, und der Enkel jenes Auguste Piccard hat das nicht verdient. Denn auch er könnte ein Forscher sein wie sein Großvater, wenn wir noch Zeit und Muße hätten für Neuigkeiten.
Die Vorstellung vom Rekord macht alles zu schnell, sogar den langsamen und geduldigen Flug des Ballons. Ein Rekord? Der nächste bitte!
Für etwas aber bin ich Piccard und Jones dankbar. Sie haben mich daran erinnert, daß auch ich einmal Afrikaforscher werden wollte.

Und vielleicht noch lange

Ja, ein bißchen ein schlechtes Gewissen habe ich dabei schon, und dies nicht erst heute, sondern schon immer. Denn nicht erst heute, sondern schon immer war die Frage berechtigt, ob man sich in Zeiten, in denen andere verzweifelt um ihr nacktes Leben kämpfen, mit Wert- und Nutzlosem beschäftigen dürfe, mit Fußball zum Beispiel. Nein, ich meine nicht jene, die Fußball spielen – ich meine mich und die anderen, die sich brennend dafür interessieren, denen es wichtig ist, daß ihre Mannschaft den Ligaerhalt schafft. Zwar glaube ich von mir selbst, daß es mir nicht so wichtig sei. Aber ich würde mich wohl doch, auch nach der Beerdigung meines besten Freundes und vielleicht immer noch mit zwei, drei Tränen im Auge, während des Essens kurz davonschleichen, um in einer Telefonkabine die aktuellen Resultate abzuhören und um in meinem Taschencomputer die entsprechenden Statistiken up to date zu bringen. Ja, ein bißchen schämen würde ich mich dabei schon.

Was müßte geschehen, daß ich das vergessen würde? Ja, das Wort Angst habe ich wohl auch schon gebraucht im Zusammenhang mit Kosovo; »ich habe Angst«, aber ist das, was ich habe, wirklich Angst? Wäre das sanftere und unverbindliche Wort »Bedenken« nicht eher am Platz? Immerhin, das schreckliche Politiker-Unwort »Betroffenheit« ist seltener geworden, Betroffenheit gibt es nur für die Betroffenen. Das Wort Hilflosigkeit kommt der Sache näher. Ich bin hilflos, aber auch dieses Wort klingt zynisch gegenüber jenen, die es wirklich sind. Oder stehe ich wirklich hilflos am Fußballfeld und wünsche mir betroffen, daß meine Mannschaft gewinnt?

Angst? Ich bin 1935 geboren. Als der zweite Weltkrieg ausbrach, war ich vier, als er zu Ende war, war ich zehn. Und mitleiden mit Opfern, das konnte ich als kleines Kind wohl doch intensiver und echter als heute – aber Angst? Nein, Angst hatte ich keine, ich war ganz sicher, daß es uns nicht betreffen würde. Ob ich nur keine Angst hatte, weil die Erwachsenen sie von mir ferngehalten hatten? Ich weiß es nicht. Ich habe später als Erwachsener oft mit meinem Vater darüber gesprochen. Er wußte es auch nicht mehr. Er erinnerte sich, aber er wußte es nicht mehr. Unser Erinnerungsvermögen für Angst ist getrübt. Etwa so, wie wir kaum ein Erinnerungsvermögen haben für Schmerzen – wenn die Kopfschmerzen weg sind, sind sie weg. Wir erinnern uns zwar noch daran, daß wir Kopfschmerzen hatten, aber wie genau sie wirklich waren, das ist gelöscht in unse-

rer Erinnerung. Erst bei den nächsten Kopfschmerzen werden wir uns die letzten Schmerzen vorstellen können, vielleicht.
Aber mein Vater kaufte sich damals eine Pistole, mein friedlicher und sehrwahrscheinlich im stillen frommer Vater. Das beeindruckte mich. Er stellte sich vor, daß er ohne Gewehr im Urlaub hätte gewesen sein können, und da wollte er nicht wehrlos sein.
Da fällt mir ein: Warum gibt es keine Abrüstungskonferenzen mehr? Warum sind Abrüstungskonferenzen sinnlos geworden? Wohl deshalb, weil es nie um Abrüstung ging, sondern nur um eine Vorstellung von Gleichgewicht. Die Abrüstungskonferenzen hatten nicht den Zweck, den Krieg zu verhindern, sie hatten den Zweck, ihn noch vorstellbar zu machen. Solange er vorstellbar ist, ist daran zu verdienen. Ist der gegenwärtige Krieg der Nato vorstellbar? Nein, er ist es nicht, aber es gibt ihn. Mein Vater übrigens wäre eigentlich ein Pazifist gewesen, aber er war es nicht. Hilflosigkeit?
Zurück zum Fußball: Es ist nicht nur Zufall, daß ich in diesem Zusammenhang darauf gekommen bin: Die internationalen Spiele mit Mannschaften aus exjugoslawischen Staaten wurden vorläufig abgesagt. Das leuchtet ein, man kann doch nicht spielen, wenn ... Wenn was, und wenn wo?
Immerhin, es gibt also Fußball in Jugoslawien,

und der wird nach den genau gleichen Regeln gespielt wie überall auf der Welt, sogar nach denselben ungerechten Regeln, der Schiedsrichter kann und darf falsch entscheiden. Da wird zwar ab und zu reklamiert, aber das gibt die gelbe Karte, und die wird akzeptiert. Und wer die rote Karte kriegt, berechtigt oder unberechtigt, muß vom Feld – und überall auf der Welt geht er vom Feld, berechtigt oder unberechtigt. Und der Elfmeter wird gespielt, ob mit Recht oder zu Unrecht. Es ist doch eigenartig, daß sich alle daran halten. Der Grund ist ganz einfach, ohne exakte und internationale Regeln würde es schon bald keinen Fußball mehr geben, und die Beteiligten sind daran interessiert, daß es den Fußball gibt.

Nun gibt es zwar auch in der Politik internationale Gesetze und Regeln. Nur ist leider die Welt nicht so sehr auf Regeln angewiesen wie der Fußball. Die Welt geht auch dann weiter, wenn niemand mehr die Regeln beachtet – vorläufig noch und vielleicht noch lange.

Schreiben Sie doch mal

»Schreiben Sie doch einmal etwas über das Eisenbahnfahren«, sagt der freundliche Kondukteur zu mir.
Was verspricht er sich davon? Vielleicht, daß endlich einmal die Eisenbahn zum Thema wird oder gar daß endlich alle Eisenbahn fahren? Soll ich ihm sagen, daß ich immer und immer wieder über die Eisenbahn geschrieben habe, mehrere Geschichten, ein Drehbuch und einen langen Text fürs Fernsehen? Doch ja, den Film hat er gesehen.
»Aber Sie könnten doch auch mal etwas schreiben über die Eisenbahn.«
Ein anderer beklagt sich über das Beizensterben. Es gibt sie nicht mehr, die kleinen, dunklen, lauten und gemütlichen Kneipen. Ich bin mit ihm durchaus einverstanden. Ich bedaure das auch – also: »Warum schreibst du nicht über ...«
Dabei gibt es Leser genug, die feststellen, daß ich kaum über anderes geschrieben habe als über Beizen. Ich sage ihm das, und er sagt: »Ja, ja – aber warum schreibst du nicht einmal darüber?«
Es gibt diese eigenartige Vorstellung, daß man nur darüber schreiben müßte, ein Buch zum Beispiel, und von einem Tag auf den anderen würden die

Leute auf ihr Auto verzichten, und die Beizen würden nicht mehr sterben.
Der Glaube an das geschriebene Wort hält sich hartnäckig. Lesen tut fast niemand, und es wird vom Ende des Buchzeitalters gesprochen, und der Analphabetismus nimmt zu, und trotzdem: »Darüber sollte man einmal schreiben.«
Oder soll ich den Kondukteur auf das wunderschöne Eisenbahngedicht von Walt Whitman aufmerksam machen, ein euphorisches Gedicht, das feiert, daß die Welt nun mit eisernen Strängen zusammengefügt werde zu einer friedlichen Welt. Oder soll ich ihm sagen, daß eigentlich schon Homer alles und über alles geschrieben hat – und wenn schon nicht ausdrücklich über Eisenbahnen, dann sicher über das Reisen.
»Warum machen die Schriftsteller nichts mehr?« werde ich gefragt. Ich weiß, was das meint: Warum machen sie nichts gegen den Kosovokrieg, gegen die Ausrottung der Delphine, für die Mutterschaftsversicherung, für den Umweltschutz und gegen den bedrohlichen Vormarsch der Rechten. Und ich weiß auch, wen sie meinen: »Max Frisch, der hat doch noch.« Und schon ein paar Wochen nach dem Tod von Dürrenmatt und Frisch stellten die ersten Journalisten fest: »Warum machen die Schriftsteller nicht mehr so wie Frisch.«
Und wenn sie noch machen würden, dann gäbe

es wohl wieder große Disputationen, und das Volk würde wieder aufgerüttelt, und es gäbe wieder große eindrückliche Friedensdemonstrationen.

Was hat er denn eigentlich gemacht, der Max Frisch? Er hat sich in Diskussionen eingemischt, die bereits stattfanden. Er hat an Demonstrationen gesprochen, die bereits organisiert waren. Politik war ein Thema. Es gab eine politisch interessierte Jugend. Seit den 68ern wußte der Bürger, daß alles seine Gründe hat und nicht einfach zufällig so geworden ist. Eine politische Welt wurde wieder spannend, weil die Jugend überzeugt war, daß diese Welt nicht zufällig ist – nicht ein zufälliger Bösewicht, nicht ein zufälliger Fehler. Das waren nicht Schriftsteller und Philosophen – auch nicht Marcuse –, die das ausgelöst hatten. Sie hatten nur da und dort Partei ergriffen für die Engagierten. Auch der Vietnamkrieg hatte für alle irgendeine Selbstverständlichkeit. Trotzdem, er erhitzte die Gemüter. Wir haben demonstriert, diskutiert und diskutiert und auch geschrieben. Und in der Spannung, in der erhitzten und hartnäckigen Auseinandersetzung lag die große Hoffnung, daß die Welt anders aussehen könnte als diese. Der Glaube daran war wohl klein, aber die Hoffnung war groß. Der Jugoslawienkrieg findet in einer anderen Situation statt, in einer depressiven – in einer Welt, die von Sensation zu Sensation rennt, mit einer Presse, die täglich die Supermeldung sucht –, und der Krieg bleibt seit Wochen derselbe. Wir sind zwar besorgt, entsetzt, verunsichert, wir fürchten für diese Welt und vor allem für uns. Wir wissen, daß dieser Krieg Folgen haben wird, wir wissen, daß er Gründe hat, und diese Gründe liegen wohl nicht nur auf dem Balkan.

Wir wissen, wir fürchten, wir sind entsetzt, aber – Hand aufs Herz – der Krieg, der alltäglich gleiche Krieg, beginnt uns zu langweilen. Er wird für das Fernsehen zum Problem, weil er keine höheren Einschaltquoten mehr bringt, für die Presse, weil er die Schlagzeile nicht liefert.

Vielleicht könnte ja da vielleicht ein Schriftsteller – Max Frisch zum Beispiel.

Nur wüßte er wohl zu dieser Situation nicht viel anderes zu sagen als zu der Situation vor zwanzig Jahren. Die große Schlagzeile würde er wohl nicht mehr liefern. Die Medien haben das Infotaining erfunden, unterhaltsame Information. Jetzt können sie nicht mehr informieren, weil dieser Krieg nicht unterhält. Man hat dem Publikum erfolgreich beigebracht, daß er unterhalten zu sein hat. Der Krieg ist langweilig. Das ist zynisch. Aber es ist nicht mein Zynismus, es ist unser Zynismus.

Aber die Sklaven sind reich

Martina habe sich schlecht aufgeführt in Paris, habe ich gehört, und wenn ich nicht wüßte, um was es sich handelt – nämlich nur um Tennis und nur um ein paar hunderttausend Dollar –, dann würde ich mir wohl ausmalen, wie sich ein junges Mädchen in Paris schlecht aufführt, säuft und pafft, die Leute anpöbelt, die Nachtruhe stört und die Polizei provoziert.

Das hat sie nicht getan, weil sie nämlich gar nicht in Paris war, sondern nur auf einem Tennisplatz, der genauso aussieht wie jeder andere Tennisplatz der Welt auch.

Irgendwo habe ich gelesen, Martina sei schlecht erzogen. Wenn dem so wäre, dann müßte das ja jemand getan haben, jemand müßte sie schlecht erzogen haben. Das ist mir nun allerdings neu, und das kann ich mir nicht so recht vorstellen, daß die Mutter Melanie ihre Tochter Martina schlecht erzogen hätte. Sie hat sie doch, und zwar erfolgreich, zur Tennisspielerin erzogen und sie dafür wohl von allem Üblen und Gefährlichen ferngehalten. Martina wurde gut erzogen – sonst würden wir sie wohl gar nicht kennen. Ihr Erfolg ist der Erfolg ihrer Erziehung.

Pantani mag ich. Ich mag ihn immer noch. Er gefällt mir. Er ist der Sohn eines Pizzabäckers. Er wurde, so nehme ich an, nicht zum Radrennfahrer erzogen. Er wird einfach trainiert haben. Vielleicht wurde er daneben schlecht erzogen oder gar nicht. Ich habe aber nichts davon gehört, daß er sich schlecht erzogen aufgeführt hätte. Schön wäre es, wenn Doping auf eine schlechte Erziehung schließen ließe, dann müßte man nur die Erziehung überprüfen. Vielleicht war das mal so, auch der Radrennsport war mal eine Angelegenheit der Noblen. Erst als man Rekorde sehen wollte, brauchte man die Arbeiter.

Ja, jetzt ist er wieder einmal kaputt, der Radrennsport, und ausgerechnet Pantani – jetzt müßte man endlich mal etwas unternehmen. Jetzt müßten die Experten. Und was müßten sie eigentlich, die Experten. Sie müßten den Sport sauber machen. Es ist einfach ungezogen, auf die andere Platzhälfte zu gehen und sich den Ballabdruck anzusehen. Wer das tut, hat keine Grandezza. Und ausgerechnet Pantani.

Und war da vielleicht doch gar nichts. Oder geschah es ohne Wissen von Pantani, oder ist es einfach üblich, oder sind Sportärzte vielleicht doch eher Fans als Ärzte? Also, man muß sich jetzt zusammensetzen und alles in Ordnung bringen.

Als Hugo Koblet noch, und als Kübler und Bartali

und Coppi noch, da war, wie wir wissen, der Radrennsport noch sauber. Aber wir wissen, daß sie auch geschluckt haben, allerdings nicht unter sportärztlicher Aufsicht, sondern halt einfach so. Inzwischen ist der Sport nicht mehr sauber, also soll er wieder sauber gemacht werden – mit Konsequenz und Kompromissen, um die Gesundheit der Fahrer geht es dabei nicht (fünf Pässe am Tag sind unter den anständigsten Bedingungen nicht gesund), es geht nur um den Ruf des Sports.
Das erinnert mich daran, daß Banken ihre Direktoren vor Gericht bringen, wenn sie sich bei »Transaktionen« strafbar gemacht haben. Aber sie würden sie auch gleich entlassen, wenn sie nicht bereit wären, außerordentliche »Risiken« einzugehen. Die Bank nämlich ist sauber und macht nichts Ungesetzliches, nur einzelne Manager tun es. Und der Radrennsport nämlich ist sauber, nur einzelne Fahrer sind es nicht.
Wollte man wirklich Sauberkeit, dann hätte man das ganze Geschäft sauber zu machen. Aber es gibt keine Sauberkeit, wenn Millionen im Spiel sind. Der Kampf gegen Doping ist richtig und gerecht, nur zäumt man damit das Pferd am Schwanz auf. Man hätte, möchte man Sauberkeit, vorn zu beginnen, das Doping ist nicht der Anfang der Unanständigkeit, nur das bittere Ende. Aber die Millionen sind schon da, und das Geschäft ist schon

am Laufen. Da kann man höchstens am bitteren Ende noch etwas Kosmetik betreiben. Es ist zwar keine Freude, aber ein bißchen Schadenfreude sei erlaubt, wenn Multimillionäre zu Sklaven werden, nicht nur die Stars des Sports, die Stars der Wirtschaft auch.

Und bezahlt werden sie schließlich dafür, daß sie mit Topleistungen beweisen, daß die Sache eine saubere ist. Martina, das hat sie jetzt noch zu lernen, hat anständig erzogen zu sein. Die letzte Anständigkeit, die dem Sport noch bleibt, ist die Anständigkeit der Athleten.

Allerdings sind diese Edelsklaven nicht die letzten in der Kette. Der letzte bin ich: Ich schaue mir Tennis nicht ohne Interesse an und Radrennen sogar mit Begeisterung. Bin ich etwa der Schuldige? Ja sicher, ich ergötze mich an hochbezahlter Sklavenarbeit. Nicht nur die Fahrer sind gedopt, sondern das ganze System.

Die kleine Freiheit

Schorsch saß zwar bei jeder sich bietenden Gelegenheit in der Beiz, trotzdem traf man ihn dort selten, aber die Gäste und der Wirt kannten ihn. Sie kannten ihn wie den Frühling, der auch ab und zu kommt und den man eigentlich gern kommen sieht, auch wenn es sich bald herausstellt, daß er doch kein guter Frühling war.

Einmal sagte einer zu ihm: »Schorsch, du bist eigentlich ein furchtbarer Pechvogel, jetzt lebst du schon seit dreißig Jahren in der Freiheit und warst nur zwei, drei Jahre davon frei.« Schorsch quittierte das mit einem sonnigen Grinsen übers ganze Gesicht. Schorsch war, so schien es, zufrieden damit. Nicht etwa, daß die Beiz Freiheit geheißen hätte, sondern diese Gegend hier hieß die Freiheit, der Westen. Er kam aus dem Osten.

1956, Ungarnaufstand, ein Strom von Flüchtlingen bewegte sich in Richtung Freiheit. Und die Flüchtlinge wurden hier mit Begeisterung begrüßt, wurden gar sehnsüchtig erwartet, wurden bestaunt, die Helden des Aufstands. Die Familie B. wurde gleich zur Nachbarsfamilie, und die Frau B. sprach nach einem halben Jahr ein breites Berndeutsch und gehörte dazu. Die Schweizer Kinder hatten Wollplätzchen gestrickt, die zu Wolldecken zusammengenäht wurden, damit die Flüchtlinge nicht frieren müßten, damit sie es warm hätten bei uns. Man wußte zwar davon, daß jene, die kamen, jene waren, die gleich am ersten Tag losgelaufen waren, man wußte davon, daß die Helden des Aufstands in Ungarn geblieben waren, und man wußte davon, daß, als die Gefängnisse geöffnet wurden, um die politischen Häftlinge zu befreien, eben auch Verbrecher befreit wurden. Schorsch war einer von ihnen. »Ich war ein richtiger Verbrecher in Ungarn«, sagte er, »jetzt bin ich aber nur noch ein kleiner Dieb und ein Tagedieb, ja, da hat sich viel geändert.« Man wußte es, daß Schorsch nun nicht ein echter Held war, aber man gönnte ihm seine Freiheit trotzdem, seine sehr kleine Freiheit in der sehr großen Freiheit, und Schorsch genoß sie auch durchaus und war der Schweiz dafür dankbar. Aber Kosten verursachte er ihr auch, seine Aufenthalte in Arbeitserziehungsanstalten, in Untersuchungs- und Bezirksgefängnissen kosteten etwas. Und sicher lebte da einer in der Freiheit, der sie eigentlich gar nicht verdient hatte. Was sollte es – man wußte von der großen Unfreiheit dort und gönnte ihm halt die kleine Freiheit hier. Man war sozusagen stolz auf unsere Freiheit und freute sich darüber, daß die Ungarn darüber staunten. So war man bereit, die Freiheit

mit ihnen zu teilen. Man hatte sich nun mal dafür entschieden, auch wenn die Begeisterung dafür allmählich und zunehmend abnahm.
Die Familie B. – die ersten Ungarn, die wir von nahem sahen – schleppte schon nach drei, vier Tagen ein Autowrack auf den Parkplatz vor dem Haus, ein hoffnungslos kaputtes Auto, und die Familie und sämtliche Verwandten machten sich an dem Auto zu schaffen. Nach zwei, drei Wochen stand es poliert und fahrtüchtig vor dem Haus. Die Ungarn hatten ein Auto. Kaum eine Schweizer Familie im Quartier hatte eines. Als Fußmatten – und das gab Ärger – wurden eben jene Wolldecken verwendet, die Wochen zuvor fleißige Mädchen gestrickt hatten. Ich glaubte damals, daß ich das mit den Wolldecken mit eigenen Augen gesehen hätte. In Wirklichkeit hatte ich es wohl nur gehört. Alle hatten es wohl nur gehört, aber sie wollten es mit eigenen Augen gesehen haben. Die Ungarn, und das begann man ihnen übelzunehmen, wollten einfach nicht frieren, sie wollten nicht erbärmliche Flüchtlinge sein. Hochstapler seien sie allesamt, hörte man jetzt, und schon gab es Probleme mit Schlägern und Kriminellen und – aber dann konnten sie auch schon Schweizerdeutsch, und schon bald gab es sie kaum mehr, sie waren aufgegangen in den anderen und waren so schlecht oder so gut wie die Schweizer.

So schlecht oder so gut wie Schorsch zum Beispiel. Als er davon hörte, daß ich schreibe, breitete er sein ganzes literarisches Wissen vor mir aus, sämtliche russischen Autoren aus der ungarischen Gefängnisbibliothek. Dann kamen die ersten Briefe von ihm, in wunderbarem, schwungvollem Deutsch – nicht eigentlich deutsch, aber glänzend nachgeahmt, Hochstapelei –, er verlangte von mir, daß ich mich für ihn einsetzte, bei der Regierung, beim Bundesrat oder irgendwo. An die Regierungsräte schrieb er auch selber, und zwar so herzerschütternd, daß ihn einer sogar in der Arbeitsanstalt besuchte. Und da war er wieder jemand, der Schorsch. Und später schrieb er ab und zu, ob ich ihm ein Buch von mir schicken könnte, mit Widmung bitte. Die Widmung hieß: »Lieber Schorsch, siehe Seite 79, herzlich Peter«, zwischen Seite 78 und 79 lagen die Banknoten.
Warum ich das schreibe? Irgendwie war ich stolz auf ihn, stolz darauf, daß er hier war.

Ein Jahrhundertereignis

Meine elektronische Agenda – sie tut so, als ob sie praktisch wäre, in Wirklichkeit ist sie Unterhaltungselektronik – bietet verschiedene Möglichkeiten von Einträgen an und bringt mich damit mitunter in Verlegenheit. Handelt es sich nun bei dem neuen Eintrag um einen »Tageseintrag«, um eine »Aufgabe« oder um einen »Jahrestag«? Und was eigentlich ist ein »Ereignis«? Ist unser fünfundvierzigster Hochzeitstag ein Jahrestag oder ein Ereignis? Ist es richtig, daß ich die Spiele »meiner« Fußballmannschaft und die »Vuelta«, nur der Ordnung halber, als Ereignis eingetragen habe – sie erscheinen beim Ausdruck farbig, in verschiedenen Farben. Die Farben kann man auch ändern, also nochmals und nochmals und nochmals ausdrucken. Aber das letzte Spiel »meiner« Mannschaft, so stellte sich heraus, war kein Ereignis – es hat sich aber ereignet. Also noch einmal, alles von vorne und neu organisieren: In die »Ereignisse« kommen jetzt nur noch Ereignisse.
Ein Ereignis – da hatte ich keine Mühe, mich zu entscheiden – stand schon seit zwei Jahren in meiner Agenda. Ich hatte es irgendwo gelesen: 11. August 1999, Sonnenfinsternis. Ein echtes Ereignis,

und es wird sich ereignen – es wird sich, inzwischen, ereignet haben. Und es ist – und das macht es zum Ereignis – selten. Sonnenaufgänge und Sonnenuntergänge sind zwar großartiger – aber sie sind keine Ereignisse, weil sie nicht selten sind.
So wurde ich also seit zwei Jahren fast täglich von meiner Agenda darauf aufmerksam gemacht, daß sich im August 1999 eine Sonnenfinsternis ereignen wird. Etwas später auch wurde mir in der Zeitung, im Fernsehen, im Radio der Vorgang noch und noch erklärt – da schiebt sich also die Scheibe des Monds (Neumond selbstverständlich) vor die Sonne, und die Korona ist wissenschaftlich interessant –, ich wurde für das Ereignis angeheizt, als ginge es um ein Konzert der Rolling Stones. Eine totale (oder fast totale) Sonnenfinsternis ist eben selten, und was selten ist, ist eben ein Ereignis. Und Ereignisse, so ist das eben nun einmal, sind Medienereignisse. Wenn eine totale Sonnenfinsternis ein Ereignis ist, dann hat es auch – und zwar live – im Fernsehen stattzufinden.
Ich habe mir das Medienereignis am andern Tag angeschaut. Ein Freund hatte es auf Video. Er warnte mich, es sei gar nichts, überhaupt nichts. Damit hatte er zwar nicht unrecht, aber ich habe noch selten eine großangelegte Fernsehsendung (ARD, ZDF, ORF, DRS) so interessiert angeschaut. Hier versuchte ein Medium, das alles und alle be-

wegen kann, ein Jahrhundertereignis zu beschreiben, das nicht beschreibbar ist, weder in Worten noch in Bildern. Zum Glück regnete es an den meisten Orten, das gab wenigstens Anlaß zu ein paar Witzchen, und es wurde überall dunkel und dann wieder hell. Und Leute wurden interviewt:
»Sie kommen also aus Basel. Warum?«
»Um die totale Sonnenfinsternis zu sehen.«
»Aha!«
Stuttgart: »Aber die Stimmung hier ist gut.«
Nein, mein Interesse war nicht Schadenfreude, sondern die Freude darüber, daß es immer noch unbeschreibbare Ereignisse gibt. (Der Wissenschaftler läßt als Pausenfüller noch einmal den (Neu)Mond im Modell vor der Sonne durchgehen – interessant.)
Vielleicht war diese Sonnenfinsternis das einzige Ereignis der zweiten Hälfte des Jahrhunderts, das nicht fernsehtauglich war, vielleicht das letzte fernsehuntaugliche Ereignis überhaupt. Das Fernsehen war Fernsehen wie immer, wie bei einem Schlagerwettbewerb, bei einer Matterhornbesteigung – eben Fernsehen, Infotaining. Nur das Ereignis, das wahnsinnig seltene Ereignis, war nicht fernsehtauglich: »Wir rufen nun unseren Reporter in Schottland – Franz, ich kann deine Umrisse sehen.«
Das Ereignis selbst aber hat mich zu meiner eige-

nen Überraschung berührt und beeindruckt. Ich saß mittags im Garten, starke Bewölkung, keine Sonne. Dann wieder ganz kurz die Restsichel der Sonne hinter den Wolken – schön, aber nicht so schön wie die Restsichel des Mondes in der Nacht. Kurz vor dem Höhepunkt wurden die Vögel, Spatzen, unruhig; die Nachbarn auch. Noch eine Minute, die Vögel waren still, die Nachbarn auch. (Im Unterschied zu Stuttgart und zum Fernsehen, wo eben, trotz allem, eine gute Stimmung war.) Der Höhepunkt war um wenige Sekunden überschritten. Die Vögel zwitscherten schon wieder, sie hatten bereits registriert, daß es wieder heller wurde, heller und heller, es wurde wieder Tag. Jetzt auch leichtere Bewölkung, Sonne, ein neuer Tag.
Es hatte mich richtig berührt. Ich blieb noch lange still. Aber was hatte ich eigentlich erlebt? Nach vielen, vielen Jahren war ich wieder einmal bewußt dabei, als es eindämmerte, dämmerte und aufdämmerte. Das hat mich fast erschüttert.
Vielleicht schaue ich mir doch wieder einmal ganz bewußt einen Sonnenaufgang, einen Sonnenuntergang an. Doch, die Sonnenfinsternis war ein Erlebnis – sie erinnerte mich an meine zunehmende Unfähigkeit, zu erleben. Vielleicht gerade deshalb, weil wir nur noch Ereignisse, Jahrhundertereignisse, wahrnehmen. Ein Sonnenaufgang ist kein Jahrhundertereignis.

Sind Sie für Grönland?

Nora, ein kleines Mädchen, spielt mit ihrem etwas älteren Bruder Joris im Garten Fußball. Die Tore sind nicht begrenzt, sie sind einfach irgendwo, und ich staune über die Großzügigkeit, mit der sie sich gegenseitig die Tore zugestehen.

»Tor«, ruft Joris nach einem Schuß von Nora. Nora aber sagt, sie habe danebengeschossen. »Nein, der war drin«, sagt Joris, »eins zu null für dich.«

»Ich bin Holland«, sagt Joris, »was bist du?«

»Ich bin nichts«, sagt Nora.

»Du mußt aber etwas sein«, sagt Joris, »du kannst die Schweiz sein.«

»Ich will nichts sein«, sagt Nora.

»Doch, du mußt ein Land sein«, sagt Joris.

»Ich will kein Land sein«, sagt Nora.

»Also gut«, sagt Joris, »Holland gegen Keins – null zu eins.«

Es wird durch Großzügigkeit ein Spiel mit einem hohen Resultat, Holland geht gegen Keins in Führung, und mit der Zeit werden die Tore unzählbar. Keins hätte nach meiner Schätzung eigentlich verloren. Den beiden aber ist das nicht wichtig. Sie entscheiden sich für unentschieden – Holland gegen Keins: unentschieden. Dem anderen etwas zugestehen, dem anderen seinen Willen lassen oder seinen Unwillen oder halt eben seine Unentschiedenheit.

Nach einem Vortrag mit politischem Inhalt fragt mich ein strenger alter Herr unvermittelt und überfallartig: »Glauben Sie an Gott?« Ich zögere, ich überlege, ich will zu einer Antwort ansetzen. Er aber schreit mich an: »Sie haben die Frage bereits beantwortet. Wenn Sie nicht mit einem klaren Ja antworten können, dann glauben Sie nicht an Gott.«

Sein heiliger Zorn über mein Zögern erschreckte mich. Er kannte die Antwort, ich kannte sie nicht. Ich wollte eine Antwort dazu suchen oder vielleicht sogar eine Antwort dazu finden. Ich wollte es mir nicht einfach machen. Ich wollte in dieser Sache weder ihn noch mich belügen. Ein Ja und ein Nein wäre mir zu einfach gewesen.

Was würden Sie sagen, wenn Sie gefragt würden: »Sind Sie für den Herbst?« Was würden Sie sagen, wenn Sie gefragt würden: »Sind Sie für Australien oder sind Sie gegen Australien, sind Sie gegen Grönland, sind Sie für Afrika?« Oder: »Sind Sie für die Asylanten oder sind Sie gegen die Asylanten?« »Sind Sie für die Arbeitslosigkeit oder sind Sie gegen die Arbeitslosigkeit?« »Sind Sie für Biogemüse oder sind Sie gegen Biogemüse?« »Sind Sie für Europa oder sind Sie gegen Europa?«

Warum eigentlich ist diese letzte Frage nicht absurd? »Sind Sie gegen Europa?« Das klingt, als ginge es darum, einen Kontinent zu verhindern. Ja, ich weiß, diese Frage ist nur eine Abkürzung der Frage, ob sich die Schweiz annähern oder anschließen soll. Aber ist es wirklich nur zufällig, daß das so klingt, als ginge es darum, etwas zu verhindern, nämlich nicht nur den Beitritt, sondern Europa an und für sich – wie wenn die Schweiz über Europa bestimmen würde?
»Nein« heißt, daß ich das nicht will. Und »Ja« heißt, daß ich das will. Das ist so in der Demokratie. Wie oft schon war es mir nicht so ganz wohl mit meinem Ja, wie oft schon hätte ich gern mit »Ja, aber ...« gestimmt. Der Bürger stellt mitunter fest, daß »die in Bern« doch machten, was sie wollten. Meint er damit vielleicht auch, daß sein »Ja« und sein »Nein« falsch interpretiert wird; daß zum Beispiel sein »Nein« zur Abschaffung der Armee von der Armee als das totale Bekenntnis zu allem Militärischen interpretiert werden könnte?
Die Demokratie ist ein differenziertes System. Sie lebt von Verhandlungen, von Annäherungen und Abgrenzungen, von Postulaten und Kompromissen. Sie benötigt zwar in Abstimmungen immer wieder das Ja und das Nein, aber das Ja und das Nein ist nicht die ganze Demokratie. Die Demokratie ist mehr als nur eine Abstimmung.

Im Oktober wählen wir wieder. Wählen ist differenzierter als abstimmen. Ist es das wirklich noch? Oder hat eine Partei die Wahlen schon längst zu einer Abstimmung umfunktioniert und dabei auch andere Parteien in diesen Trend mitgerissen? Und wir wählen vielleicht gar nicht mehr, sondern stimmen nur noch ab – Ja oder Nein.
Dann wäre es auch einleuchtend, daß ein Politiker dieser Partei die Politik und die Politiker beschimpft. Das Volk hätte dann nur noch zum Ganzen, zur Politik und den Politikern, ein für allemal nein zu sagen. Das Modell kennen wir aus der Geschichte. Die Folge wäre, daß das Volk dann später nur noch ein für allemal ja zu sagen hätte.

Aha, das ist Taiwan

Vor Jahren schenkte mir jemand einen Globus. Ich war begeistert von dem Geschenk, wie oft schon wollte ich mir selbst einen kaufen, und ich bestaunte die Globusse in den Auslagen der Schreibwarengeschäfte. Dort waren sie wohl deshalb immer noch zu finden, weil sie früher zur selbstverständlichen Ausrüstung von Chef-Schreibtischen gehörten – Import und Export –, damals, als die Büros noch Kontore hießen, die Kontoristen noch Ärmelschoner trugen und der Tisch des Chefs noch aus Eiche oder Mahagoni war.
Brauchbar waren sie eigentlich nicht. Es gab kaum einen dringenden Anlaß, auf ihnen Amerika oder Kanada zu suchen. Das waren nur Umrisse – Umrisse, die wir alle kennen und die wir alle in Wirklichkeit noch nie gesehen haben.
In der Schule gab es einen Globus, der stand in der Regel, etwas verstaubt, oben auf dem Schrank. Ab und zu holte ihn der Lehrer herunter und führte ihn in holprigen Kreisen um eine Lichtquelle – um die Sonne –, um uns die ewigen Polarnächte und Polartage zu erklären und das Werden von Tag und Nacht. Das wirkte recht hilflos und leuchtete vorschnell ein – so ist es, es kann gar nicht anders

sein, und dann verstaubte der Globus wieder auf dem Schrank.

Aber auf dem Schreibtisch des Chefs, damals, war der Globus wohl überhaupt nicht brauchbar. Trotzdem, er hatte hier nicht nur dekorative Funktion. Er signalisierte Macht, signalisierte, daß hier Import und Export betrieben wurde, daß die Waren über die Weltmeere gingen, rund um die Welt, und daß der Chef die Welt im Griff hatte, ein Weltmann.

So etwas hatte ich mir wohl vorgestellt, als ich mich über den geschenkten Globus gefreut habe. Nur eben, das Kontor und das Mahagonipult fehlten mir, und ich kriegte auch mit diesem Globus die Welt nicht in den Griff. Schön war er trotzdem und entsorgt wurde er später trotzdem.

Mir fiel das wieder ein, als ich Ost-Timor auf der Landkarte suchte – eigentlich nicht einmal suchte, sondern auf Anhieb fand. Was weiß ich jetzt mehr über Ost-Timor, über Bosnien, über Herzegowina, über die Elfenbeinküste und über Australien?

Wenn ich in Amerika bin, dann nehme ich die Umrisse Amerikas nicht wahr. Trotzdem, sie sind in meinem Kopf. Sie haben mit Amerika zu tun, weil ich nirgends so viel gereist bin wie auf der Landkarte – in einer absoluten Scheinwelt also, die zwar ein exaktes Abbild der Welt ist, ihr aber in nichts gleicht. Vielleicht haben meine Landkarten dieselbe Bedeutung und Lächerlichkeit wie der alte Globus im alten Kontor.

Geographie heißt wörtlich »Weltbeschreibung«. Die Landkarte ist ihr stolzer Versuch, die Welt exakt und nachmeßbar zu beschreiben. Man kann die Karte abfahren oder abwandern auf der wirklichen Welt: »Aha, das ist diese Kreuzung!«

Die Landkarte ist wohl das erste, was uns zum Begriff »Geographie« einfällt, wenn auch die Geographen selbstverständlich die Welt nicht nur mit Karten beschreiben.

Ich habe, und die meisten meiner Leserinnen und Leser wohl auch, das Fach »Geographie« nie begriffen – weder als Schüler noch später als Lehrer, und so werden es wohl auch meine Schüler nicht begriffen haben. Kein Lehrer hat mir gesagt, daß Geographie der Versuch ist, ein hilfloser Versuch, Welt zu beschreiben. Man hat mir die Geographie in der Schule vermittelt als ein gesichertes »So-ist-es«. Es hätte mich interessieren können, wenn man mir gesagt hätte, daß es so nicht ist und daß Geographie nur ein Versuch ist, zu beschreiben, wie es ist. So wie die Hilflosigkeit des Versuchs, nach einem wunderbaren Auslandsaufenthalt den Daheimgebliebenen die dortige Welt zu beschreiben – das ist »Geographie«, eine Beschreibung, eine Erzählung ohne Ende.

Dafür fehlt uns inzwischen allerdings die Zeit. Wir haben keine Zeit mehr, endlosen Geschichten – Geschichten ohne Ende – zuzuhören.
Ich lese wieder einmal Alexander von Humboldt. Er hat vor 200 Jahren, als das Reisen noch beschwerlich war, die Welt bereist – Lateinamerika. Sein Bericht darüber umfaßt dreißig Bände mit Statistiken über Wirtschaft und Bevölkerung (wie er das wohl alles erfahren hat?), mit wundervollen Zeichnungen und Erklärungen – und mitten in der streng wissenschaftlichen »Geographie« findet man die Beschreibung eines schwarzen Jungen, der am Straßenrand mit Steinen spielt. Humboldt hat die ganze Welt beschrieben – in dreißig Bänden –, alles beschrieben, und er ist zu keinem Ende gekommen. Nicht das Ende interessierte ihn, sondern der scheiternde Versuch, zu beschreiben. Alles zu beschreiben.
Wie schäbig komme ich mir dabei vor. Ich, der ich alles weiß, zum Beispiel: »Aha, das ist Taiwan!«

Die Igel sterben aus Liebe

Wenn er kommt, wo auch immer, rücken die Leute eng zusammen, um ihm ja keine Möglichkeit zu geben, sich dazwischenzudrängen und alle zu belästigen. Wenn er kommt, dann ist er schwer betrunken. Man versteht ihn kaum mehr. Er lallt nur noch. Aber er möchte jetzt mit dabeisein, dazugehören. Er möchte jetzt diskutieren, über Politik und Literatur und über alles, was er gesehen, gehört und gelesen hat, er hat viel gelesen. Nun nützt es nichts, ihn schroff wegzuweisen, ihn anzuschreien, ihn zu bitten, uns in Ruhe zu lassen, ihm zu erklären, daß wir etwas Wichtiges zu besprechen hätten. Er will jetzt, jetzt und hier und augenblicklich, dazugehören. »Morgen, Franz, wenn du nüchtern bist«, sagt man ihm. Aber es gibt kein Morgen, weil er nüchtern ein schüchterner Mensch ist, weil er nüchtern, auch nüchtern, ein einsamer Mensch ist. Wie viele gemütliche Runden hat er schon zerstört, wie viele schöne Feste schon versaut, wie viele gute Launen schon verdorben? Kürzlich wieder, ein Fest, auf das ich mich und über das ich mich herzlich freute. Endlich einmal waren jene gewählt worden, die ich und die wir gewählt hatten, ein wunderschönes

Fest. Und da war er wieder, der Franz. Und er wollte sich auch freuen, denn er hatte sie auch gewählt. Und die Leute rückten zusammen und drängten ihn weg, und er redete auf alle ein und ließ niemanden reden, richtig ärgerlich, penetrant und arrogant.

Gut, ich versuchte es wieder einmal. Ich versuchte, ihm zuzuhören, und ich versuchte, ihm zuzureden – nutzlos. Und wie ich ihn so anschaute, ging plötzlich ein großes, ein riesengroßes Grinsen über sein Gesicht, irgendwas mußte ihm eingefallen sein, irgendwas ganz anderes, irgendwas, das aus einer ganz anderen Welt war, vielleicht. Und er erinnerte mich. Er erinnerte mich plötzlich an jenen Bettler im Schauspiel »Elektra« von Jean Giraudoux:

Im Palast des Königs von Mykene laufen die Intrigen, wird politisiert und diskutiert, und da sitzt ein Bettler, der die Gesellschaft dauernd stört mit einer langweiligen Geschichte, die er immer wieder von vorn beginnt und die mit dem Geschehen nichts zu tun hat. Er stört nur. Der König aber und seine Gesellschaft wagen ihn nicht wegzuweisen, weil er ein Gott sein könnte, ein verkleideter Gott.

Das fiel mir ein, als Franz stockbetrunken vor mir saß und grinste und nichts anderes im Sinne hatte, als sich einzumischen und zu stören, und ich beschloß, ihn so zu nehmen wie die Gesellschaft im

Palast von Mykene – vielleicht ist Franz ein Gott, ein verkleideter Gott.
Und jetzt störte er mich plötzlich nicht mehr – wir waren jetzt beide in einer Geschichte, und er gehörte halt dazu zu der Geschichte.
Ich war noch sehr jung, als ich die »Elektra« von Giraudoux zum ersten Mal sah, und der Bettler gefiel mir. Irgendwie begleitete er mich ein Leben lang. Aber erst jetzt, neben dem grinsenden Franz, verstand ich, was er meinte. Zwar belästigte mich Franz immer noch, aber es ärgerte mich nicht mehr. Der Verdacht, daß er ein verkleideter Gott sein könnte, gab mir den Respekt vor ihm zurück.
Übrigens, die Geschichte des Bettlers von Giraudoux war – als sie endlich erzählt war – folgende: Die Igel sterben aus Liebe. Es gibt Igel, die leben auf der linken Seite der Straße, und es gibt Igel, die leben auf der rechten Straßenseite. Und was treibt sie dazu, die Straße zu überqueren und überfahren zu werden – nur die Liebe.
Und vielleicht ist Franz gar nicht der verkleidete Gott, sondern nur der Igel – wie vielleicht wir alle, denn etwas hat der Bettler von Giraudoux vergessen zu erwähnen: Nicht alle Igel, die die Straße überqueren, werden überfahren.
Wie gesagt, die Geschichte des Bettlers von Giraudoux wollte nicht in das Geschehen am Hofe von Mykene passen. Sie störte nur und hatte keine Be-

deutung. Im Zusammenhang mit Franz begann ich sie zu begreifen: Die Igel sterben auf der Suche nach Liebe.

Aber die Menschen sind nicht so

Ja, es kann ab und zu wegen Reklamierens eine gelbe Karte geben, es kann ab und zu wegen wiederholten Reklamierens eine rote Karte geben – aber dann geht der Spieler, wenn auch unwillig und verärgert, vom Feld. Selbstverständlich war das ein Fehlentscheid des Schiedsrichters, selbstverständlich war das kein Foul, selbstverständlich war das kein Abseits, keine Ecke. Ich staune immer wieder, wie Fußballer – wenn auch verärgert – Fehlentscheide akzeptieren. Und sie akzeptieren sie keineswegs freiwillig – sie akzeptieren sie ganz einfach deshalb, weil es so ist, daß man sie akzeptiert. Sie akzeptieren die Regeln, und zu den Regeln gehört auch das Akzeptieren der Fehlentscheide des Schiedsrichters.

Da kriegt einer den Ball so schön, nimmt ihn so schön an, dreht sich so schön, und jetzt hebt der Linienrichter die Fahne, und es ist ein Abseits. Das wunderbare Tor wird nicht gegeben. Das ist doch Blödsinn, dieser weltweite Konsens über die Abseitsregel. Schaffen wir sie doch endlich ab. Lassen wir doch endlich dem Spiel seinen Lauf. Der Bessere soll gewinnen, der Stärkere soll gewinnen. Überlassen wir doch endlich den Fußball dem freien Kräftespiel. Irgendwie wird sich dieses freie Kräftespiel schon selbst regulieren. Wenn der Stärkere gewinnen soll, dann gibt es auch keine Fouls mehr. Die Besten werden sich durchsetzen. Wir werden wieder eine echte Konkurrenz haben, ohne die Ausbremsereien des Schiedsrichters. Wir werden endlich echten Fußball haben.

Deregulierung heißt das – Entregelung. Die ehemaligen Schiedsrichter werden zwar dann ab und zu nach dem Spiel auf die Spieler einreden und ihnen sagen, daß sie vielleicht doch – trotz der Deregulierung – etwas fairer spielen sollen, etwas menschlicher, etwas rücksichtsvoller. Etwa so, wie Regierungsvertreter auf jenen deutschen Konzernchef einreden, der zwei Betriebe schließt und Hunderte arbeitslos macht. Aber ohne Regeln gibt es keine Schiedsrichter mehr.

Ich erinnere mich an Diskussionen vor Jahrzehnten. Da wurde etwa von netten Bürgerlichen gesagt, daß der Kommunismus im Grunde genommen schon menschlich sei, sogar – der »echte« Kommunismus – christlich und idealistisch sei, daß aber die Menschen eben nicht so seien. Ich frage mich, ob das denn nur auf den »idealen Kommunismus« zutrifft, daß die Menschen eben nicht so sind. Trifft das nicht genauso auch auf eine sich selbst regulierende freie Marktwirtschaft zu? Die Menschen sind nicht so. Deregulierung:

Die Schiedsrichter, die Politiker, schauen jetzt nur noch dem Spiel zu. Doch, doch, die Schiedsrichter gibt es noch – nur die Regeln gibt es nicht mehr: Der freie Markt ist endlich frei.

»Der Mensch ist ein bösartiges Tier. Seine Bösartigkeit muß organisiert werden«, schrieb Joseph Conrad im Zusammenhang mit seinem Buch »Herz der Finsternis«, in dem er einen Mann beschrieb, der einen grauenhaften Terrorstaat in der Wildnis des Kongos aufbaute. Joseph Conrad besuchte die Geliebte des Bösewichts, die in Brüssel geblieben war, um ihr die Nachricht vom Tode ihres Geliebten zu überbringen. Sie kannte ihn als sensiblen, feinfühligen, musischen Menschen. Conrad wagte nicht, ihr mitzuteilen, daß er in der »Freiheit« zum bösartigen Tier geworden war.

Nein, Unmenschen sind es nicht, die das Unmenschliche tun. Sie tun, was sie können, und sie tun, was sie müssen. Und sie tun es legal. Es gibt die Gesetze nicht, gegen die sie verstoßen könnten. Die Politiker haben ihnen die Macht längst übergeben, und zwar nicht gezwungenermaßen, sondern freiwillig und überzeugt: Das freie Spiel der Marktkräfte.

Es wäre allerdings lächerlich, wenn die Schiedsrichter die Regeln abschaffen und hinterher sagen würden: Aber Fairneß bitte!

So jedenfalls kommt mir das Entsetzen der Politiker vor, wenn die Manager – durchaus anständige Familienväter, die durchaus auch Gedichte lesen, Geige spielen und die Oper besuchen – ihre Sache tun und Betriebe schließen. Eine Menschlichkeit an und für sich, die gibt es nämlich nicht. Über die müßte man sich verständigen, und die Verständigung müßte zur Regel, zum Gesetz werden. Die Bösartigkeit muß organisiert werden.

Die Fußballer wissen, warum sie die Entscheide und Fehlentscheide des Schiedsrichters akzeptieren. Weil es ohne Regeln kein Spiel gibt. Das freie Spiel der Kräfte ist kein Spiel, sondern bitterböser Ernst. Politiker auf dem Bittgang sind etwas Erbärmliches. Sie bitten darum, ihre Begeisterung für Privatisierung und Deregulierung nicht so ganz ernst zu nehmen.

Vielleicht wird, so wie die Demokratie in einem Zweiparteiensystem endet – Alexis de Tocqueville hat es 1840 für die USA vorausgesagt –, auch die Wirtschaft in einem Zweifirmensystem enden. Spätestens dann werden wir wissen, woran wir sind.

Fußballvereine wird es aber wohl auch dann noch Tausende geben. Und sie werden deshalb verschieden sein, weil sie nach den gleichen Regeln spielen.

Was studierst du?

Unserem Deutschlehrer damals glaubten wir nichts. Er hatte, so glaubten wir, keine Ahnung von der Welt, und wir ärgerten ihn. Wenn wir Radau machten, nannte er uns verfluchte Kauboys (Cowboys), und wir lachten ihn aus, weil wir glaubten, daß das nicht »Kauboys« heißt, sondern »Goboy«. Wir konnten Englisch und kannten unseren Karl May, er aber war alt und hatte keine Ahnung von der modernen Welt.

Er ärgerte sich maßlos, wenn wir in unseren Aufsätzen den schweizerdeutschen Ausdruck »Studieren« an Stelle von »Nachdenken« verwendeten. Er tobte: »Studieren tut man auf der Universität.«

Inzwischen weiß ich, daß er wohl Englisch konnte, inzwischen weiß ich, daß er recht hatte.

Trotzdem, das schweizerdeutsche »Studieren« ist etwas anderes als »Nachdenken«, vielleicht käme ihm der Ausdruck »Hirnen« etwas näher, aber ich fürchte, »Hirnen« ist auch eher Schweizerdeutsch, wenn auch vielleicht für die Deutschen begreifbarer. Aber auch »Hirnen« ist zu stark, zu gezielt. »Schtudiere« ist schwächer, ist fast nichts, ist Nachdenken über fast nichts, oder eigentlich Nachdenken an und für sich.

So kann dann die Frage: »Was schtudiersch?« (»Was studierst du?«) auch meinen: »Was hast du?« »Geht es dir nicht gut?« Vielleicht ist Schtudieren so etwas wie Denken ohne Worte.

In der Beiz sitzen zwei Gelangweilte. Der eine schaut ins Leere, und der andere fragt: »Was studierst du?« »Das gleiche wie du«, sagt der andere, dann wieder Stille. »Das gleiche wie du« – im Nichts werden wir uns gleich.

»Was denkst du?« »Nichts, gar nichts«, sage ich. Aber eigentlich habe ich nicht »nichts« gedacht, sondern eher »irgend etwas«. »Ich habe etwas studiert«, heißt das im Schweizerdeutschen. Man beginnt zu »studieren«, wenn man sich langweilt, wenn man Langeweile hat, wenn einem die Zeit lang wird. Die Gedanken beim Einschlafen, die quälenden Gedanken beim Nicht-einschlafen-Können, sobald sie zum »Irgendetwas« werden, schläft man ein. Schtudieren heißt vielleicht loslassen.

»Was denkst du?« »Es ist mir nur gerade in den Sinn gekommen, daß ...« »Es ist mir irgend etwas in den Sinn gekommen.«

»Schtudieren« heißt vielleicht auch Einsamkeit und Sehnsucht, Sehnsucht nach sich selbst vielleicht.

Weihnachten, irgendwie, wäre eine Gelegenheit dazu. Inzwischen ist sie vorbei, und sie ist es gewesen.

Jetzt bleibt uns noch das Neujahr. Wir werden zum mindesten dabeigewesen sein, als die Zahl, die das zweite Jahrtausend beenden wird, auf dem Kalender erschienen ist.
Fritz sagt: »Das ist doch Blödsinn, wir werden das so machen wie immer, wir werden etwas Gutes kochen und ...« Aber für Fritz gibt es gar kein Wir, und kochen kann er auch nicht. Und er wird sich, wie durch das ganze Jahr und durch das ganze Leben hindurch, gottsträflich besaufen, und diesmal immerhin mit einem entschuldbaren Grund, schließlich erlebt man nicht alle Tage, daß das Jahr 2000 beginnt. Er wird Prost sagen und annehmen, daß er eben zu diesem besonderen Anlaß ein Gläschen oder zwei trinkt. Und dann könnte ja auch die Heizung ausfallen, das Licht ausgehen, die Eisenbahnen von den Brücken fallen, die Fernsehgeräte explodieren, die Flugzeuge ihr Ziel nicht mehr finden, alles Vorbereitete – und nicht nur die Feuerwerke – losgehen. Und dann wäre der Fritz wenigstens dabeigewesen, als die Eisenbahnen von den Brücken fielen, oder wenigstens, als die Heizung ausfiel.
Fritz aber stellt fest, daß die alles im Griff haben und daß nichts passieren wird, und die anderen am Kneipentisch nicken. Die Stimme von Fritz klingt überzeugt. Aber ich glaube, auch einen Hauch von Resignation in ihr zu hören. Er weiß

und fürchtet, daß wieder einmal mehr nichts, gar nichts geschehen wird. Und er wird in dreißig Jahren, Fritz ist noch jung, nicht erzählen können, daß er dabei war, als die Eisenbahnen von den Brücken fielen oder wenigstens der Eierkocher seinen Dienst versagte. Es gibt durchaus auch eine Hoffnung auf Katastrophen. Man wäre dann wenigstens dabeigewesen.

»Was schtudiersch, Fritz?«

»Nichts Besonderes!«

Inhalt

Die mit * versehenen Kolumnen sind im »Plateau« erschienen, alle anderen in der »Schweizer Illustrierten«.